सूरा सो पहचानिए

जो लड़े दीन के हेत

पुरजा पुरजा कट मरै

कबहूं ना छाड़े खेत

कबहूं ना छाड़े खेत

कबहूं ना छाड़े खेत

दिल्ली के दरवाज़े पर किसान की दस्तक

भूमिका **हन्नान मोल्ला**
संपादक **प्रांजल**

वाम

पहला संस्करण, जनवरी 2021

वाम प्रकाशन
2254/2ए, शादी खामपुर
न्यू रंजीत नगर
नई दिल्ली – 110008

वाम प्रकाशन और लेफ़्टवर्ड बुक्स नया रास्ता पब्लिकेशंस प्रा. लि. की प्रकाशन शाखाएं हैं।

leftword.com

ISBN 978-81-950310-9-2

मुद्रक : चमन इंटरप्राइज़ेज़, दिल्ली

Kabahu Na Chhade Khet: Dilli Ke Darwaze Par Kisan Ki Dastak
Edited by Pranjal, with an Introduction by Hannan Mollah

विषय सूची

दिल्ली जत्था शुरु होने से पहले नाशिक में किसानों की सभा / अमय तिरोदकर

सिंघु स्थित किसानों का जमघट / मोहित सोधा

इरशाद ख़ान सिकंदर

हुकूमत से उलझे दीवानों की जय हो...

जड़ों से जुड़े नौजवानों की जय हो
नयी सोच वाले पुरानों की जय हो
हुकूमत से उलझे दीवानों की जय हो
जवानों की जय हो किसानों की जय हो

लड़ेंगे नहीं बात रखेंगे अपनी
तिरे आगे दिन! रात रखेंगे अपनी
अगर तू न माना तो हम ये करेंगे
है मरना ही तो तेरे दर पर मरेंगे
अहिंसा में डूबे बयानों की जय हो
जवानों की जय हो किसानों की जय हो

मिरे लाल कुछ दिन मिरे गाँव आओ
मिरे साथ खेतों में फ़सलें उगाओ
अगर बाढ़ सूखे की नौबत न आई
तो ख़ुद जान जाओगे मेरी कमाई
सो इन खेतियों के ख़ज़ानों की जय हो
जवानों की जय हो किसानों की जय हो

जो तुम खा रहे हो वो मैंने उगाया
मगर देख लो क्या मिरे हाथ आया
फलें-फूलें सब लोग ऐसा सबक़ दो
मिरी इल्तिजा है मुझे मेरे हक़ दो
तुम्हारी हवाई उड़ानों की जय हो
जवानों की जय हो किसानों की जय हो

सुनो लाला अपनी जो ये दादियाँ हैं
यही धरती की अस्ल शाहज़ादियाँ हैं
कमर झुक के बेशक कमाँ हो गयी है
मगर इनकी हिम्मत जवाँ हो गयी है
तो झुर्री भरी दास्तानों की जय हो
जवानों की जय हो किसानों की जय हो

हन्नान मोल्ला

भूमिका

सबसे पहले तो मैं वाम प्रकाशन का शुक्रिया अदा करना चाहूँगा कि वह भारत के किसानों और जनता के इतने ज़रूरी मुद्दे पर यह क़िताब निकाल रहा है। देश की आज़ादी के बाद यह पहला जनांदोलन है, जिसमें करोड़ों किसान अपने हुक़ूक़ और रोज़ी-रोटी को बचाने के लिए लड़ रहे हैं। यह आंदोलन कई मायनों में अनूठा है लेकिन इसके चार पहलू प्रमुख हैं –

1. आज़ादी के बाद शोषित जनता का यह सबसे बड़ा ऐतिहासिक संघर्ष है।
2. 500 से ज़्यादा संगठनों की हिस्सेदारी के बावजूद यह एक बेहद संगठित आंदोलन है जो लेशमात्र भी खंडित नहीं है। इतने ज़्यादा घटकों वाले किसी भी आंदोलन में अमूमन कुछ ही समय में दरारें दिखने लगती हैं जो संघर्ष को कमज़ोर कर सकती हैं। यह आंदोलन पहले दिन से ही एक लंबे संघर्ष के लिए अपनी माँगों एवं प्रतिबद्धताओं में एकजुट है। भाजपा नेतृत्व वाली केंद्र सरकार के षडयंत्रों के बावजूद संघर्ष न सिर्फ एकजुट है बल्कि इसकी संख्या और बढ़ भी रही है।
3. आज़ादी के बाद के इतिहास का यह सबसे शांतिपूर्ण आंदोलन है। राज्य की तरफ से उकसाने की भरसक कोशिशों के बावजूद किसान लंबे समय से अपना शांतिपूर्ण संघर्ष चला रहे हैं।
4. आखिर में, किसानों के सामने आ रहीं तमाम मुसीबतें और परेशानियों के बावजूद यह एक बहुत ही सशक्त और अनुशासित आंदोलन है।

यह चार ख़ासियत इस संघर्ष को अनोखा बनाती हैं और दुनियाभर में इसके लिए समर्थन जुटा रही हैं। इस आंदोलन ने भारत का एक नया नैरेटिव गढ़ा है। सामान्यतः भाजपा कॉरपोरेट मीडिया घरानों और सोशल मीडिया के ज़रिए झूठे नैरेटिव फैलाकर लोगों को जाति और धर्म के आधार पर बाँटती है। पिछले कुछ सालों से सरकार का यह सामान्य ट्रेंड था लेकिन इस संघर्ष ने इस सारी कोशिशों को मात दे दी है क्योंकि इसमें किसान होना बाकी तमाम पहचानों से ऊपर है। यह 60% से ज़्यादा भारतीय नागरिकों के लिए उनकी पहचान है। यह एक सबसे धर्मनिरपेक्ष पहचान भी है। यह देश की एकता को विभाजनकारी ताक़तों के खिलाफ मज़बूती देगा।

दूसरी तरफ सरकार किसानों से निपटने के लिए घोर अधिनायकवादी और फ़ासीवादी तरीके अपना रही है। लोकतंत्र में लोगों को अधिकार है कि वे अपने मुद्दे और माँगें लोकतांत्रिक रूप से चुनी हुई सरकार के सामने उठाएं और सरकार की यह ज़िम्मेदारी बनती है कि वह अपने नागरिकों की बात सुने। किसानों और सरकार के बीच का मुद्दा है, इसलिए किसान इसी समझ के चलते दिल्ली तक आये हैं लेकिन सरकार जनता की आवाज़ को नज़रअंदाज़ कर रही है। पिछले सात महीनों से किसान अपनी आवाज़ उठा रहे हैं। जब तीनों ऑर्डिनेंस लागू किए तब भी लोगों ने इनके परिणामों को लेकर आवाज़ उठाई थी और हज़ारों जगहों पर इन ऑर्डिनेंस की प्रतियाँ जलाई गयी थीं।

14 सितंबर को संसद में इन तीन किसान विरोधी क़ानूनों पर बहस शुरू हुई और सरकार से इन्हें वापस लेने की माँग के साथ लाखों लोग सड़कों पर उतरे। सरकार ने लोगों की न्यायसंगत माँग को मानने की बजाय संसद में इन बिलों को निहायत ग़ैर-लोकतांत्रिक ढंग से पारित करवाया। क़ानूनों के पारित होने के बाद भी किसानों ने सरकार से इन्हें लागू नहीं करने की अपील की लेकिन सरकार इन्हें जल्दी से जल्दी लागू करने पर तुली रही।

पिछले छः महीने से किसान अपनी बात सरकार को सुनाना चाहते हैं लेकिन सरकार नहीं मानी। यह है सरकार का रवैया। विरोध प्रदर्शन का कोई संजीदा जवाब न मिलने पर किसानों ने फ़ैसला किया कि अब प्रतिरोध करना होगा। 25 सितंबर को उन्होंने प्रतिरोध का आह्वान किया, उस दिन भारत लगभग बंद किया गया। दरअसल, सिर्फ विरोध प्रदर्शन का आह्वान किया गया था लेकिन लोगों ने ही उसे बंद में तब्दील

कर दिया। इससे जनता के गुस्से का अंदाज़ा लगाया जा सकता है।

5 नवंबर को किसान संगठनों में 'रास्ता रोको' का आह्वान किया। देश भर में लाखों किसानों ने इसका पालन किया। इससे पहले 9 अगस्त को 'जेल भरो' का आह्वान किया गया था, जिसमें देश भर के 600 ज़िलों से ज़्यादा में लाखों किसानों ने भाग लिया। इसके बाद किसानों ने दिल्ली चलो की बात तय की। महामारी की वजह से और ट्रेनें न चलने के कारण दूर-दराज़ के किसानों का दिल्ली आना संभव नहीं था। इसलिए इस कार्यक्रम को दो भागों में बाँटा गया, दिल्ली से सटे राज्य यानी पंजाब, हरियाणा, उत्तराखंड, मध्यप्रदेश, राजस्थान और उत्तर प्रदेश के किसान जो सड़क के रास्ते दिल्ली आ सकते हैं, वो दिल्ली पहुँचे, और अन्य 17 राज्य ज़िले और राजधानी स्तर पर विरोध प्रदर्शन कर दिल्ली चलो में हिस्सा लें। पंजाब इस आंदोलन की अगुआई कर रहा था क्योंकि पंजाब में ही सबसे सशक्त विरोध भी हुआ। लेकिन तब भी सरकार किसानों की दुर्दशा देखने को तैयार नहीं थी। दूसरी तरफ सरकार ने किसानों के खिलाफ जंग छेड़ दी। हरियाणा की भाजपा सरकार ने नरेंद्र मोदी के कहने पर अपनी सीमाएँ सील कर दीं ताकि पंजाब के किसान दिल्ली तक न पहुँच पाएँ। इतिहास में कभी भी किसी राज्य ने नागरिकों को रोकने के लिए अपनी सीमाएँ बंद नहीं की थीं। फिर भी पुलिस और अर्द्ध-सैनिक बलों के हमले झेलते हुए किसान दिल्ली तक पहुँचे। उन्होंने लाठीचार्ज, आँसू गैस, पानी की बौछार और गलत आरोपों, सबका सामना किया। उन्होंने अपनी एकता और हौसले के बल पर सड़कों पर बिछाई कँटीली तारों और कंक्रीट के ब्लॉक से बाज़ी मारी।

जब किसान दिल्ली की सीमा तक पहुँचे तो उन्हें भी बंद कर दिया गया। किसान दिल्ली आकर अपनी चुनी हुई सरकार के सामने अपनी माँगें रखना चाहते थे। यह उनका संवैधानिक और लोकतांत्रिक अधिकार है लेकिन उन्हें यह करने नहीं दिया गया। यह तय किया गया था कि उन्हें सरकार जहाँ भी रोक देगी वहीं पर धरना शुरू कर दिया जायेगा। इसी के तहत किसान चार राष्ट्रीय मार्गों के मुख्य द्वारों पर बैठ गए, यह हैं सिंघु बॉर्डर जो दिल्ली-हरियाणा-पंजाब को जोड़ता है, टिकरी बॉर्डर जो दिल्ली को रोहतक और पटियाला से जोड़ता है, ग़ाज़ीपुर बॉर्डर जो दिल्ली और मेरठ को जोड़ता है और पलवल बॉर्डर जो दिल्ली को मथुरा से जोड़ता है। पहले, किसानों को बुराड़ी के एक मैदान में इकट्ठा कर उन्हें एक खुली जेल में डालने का भी षड्यंत्र था,

लेकिन किसानों ने इसे पहले ही भाँप लिया और नाकाम कर दिया।

अंततः सरकार ने किसानों को चर्चा के लिए बुलाया। अगले दिन से ही किसानों ने साफ कर दिया कि ये तीन कानून और बिजली संशोधन बिल देश में किसानी की मौत के फरमान हैं और खेती को कॉरपोरेट के हाथों सौंपने की कोशिश। इसलिए इन्हें वापस लिया जाना चाहिए। फिर सरकार ने बिना एजेंडा के बातचीत के लिए बुलाया। वे किसानों की परेशानियाँ सुने बिना अपनी योजना उन पर थोपना चाहती थी। कई मीटिंगों में सरकार ने यही नाटक किया और किसानों ने लगातार उनके प्रस्ताव ठुकराए। एक बार तो, गृहमंत्री खुद मीटिंग में शामिल हुए लेकिन उन्होंने वही दोहराया जो कृषि मंत्री कई दिनों से कह रहे थे, जिससे चीज़ें और भी उलझ गईं। अंततः सरकार ने कहा कि वे चर्चा को लेकर एक नोट भेजेगी। नोट में भी वही था जिसे किसान ठुकराते आये थे। इसलिए सब किसान संगठनों ने एकजुट होकर इन्हें अस्वीकार किया और संघर्ष जारी रखने का फैसला किया।

अखिल भारतीय किसान सभा ने शुरुआत से ही संघर्ष को चलाया और एआईकेएससीसी ने संघर्ष को आगे बढ़ाया। समय के साथ कई संगठन संघर्ष में जुड़े और एक नए नाम संयुक्त किसान मोर्चा के अंतर्गत इसे जारी रखा। इसमें अब 500 से ज़्यादा संगठन शामिल हैं। तमाम तबक़ों से इस संघर्ष को समर्थन मिल रहा है। केंद्रीय मज़दूर संगठनों और फेडरेशनों ने इस आंदोलन का समर्थन किया है। और हमें खुशी है कि संघर्ष के हर स्तर पर मज़दूर वर्ग ने इसमें भागीदारी की है और मज़दूर-किसान एकता की एक व्यापक तस्वीर उभर रही है जो भविष्य में लोकतांत्रिक संघर्ष को मज़बूत कर सकती है। इसके अलावा छात्रों, महिलाओं, कर्मचारियों, कलाकारों, व्यापारियों, मध्य वर्ग के कर्मचारियों, बुद्धिजीवियों, वैज्ञानिकों आदि के जन संगठनों ने भारतीय किसानों को समर्थन दिया है। इससे भाजपा के नेतृत्व वाली किसान और मज़दूर विरोधी सरकार के खिलाफ संघर्ष और एकजुट होगा

सुबोध वर्मा

भूख को लाभ के व्यवसाय में बदलने की तैयारी

नरेंद्र मोदी सरकार ने चुपचाप और बड़ी ही फुर्ती से बिना कोई समय गँवाये खेती, बिक्री, अनाज़ के भंडारण और कृषि उपज की कीमतों जैसे – खाद्य अनाज, सब्जियों आदि से संबंधित कानूनों में बदलाव का प्रस्ताव पारित किया और तुरंत उन्हे लागू भी कर दिया।

आइए देखें आखिर ये क़ानून हैं क्या।

एपीएमसी क़ानून का ख़ात्मा करना

दूसरा कानून भारत में कृषि-उत्पाद बेचने और खरीदने की पूरी मौजूदा प्रणाली को खत्म करने का रास्ता साफ करता है। कृषि उपज मंडी समितियां (एपीएमसी) राज्य सरकारों द्वारा बनाए गए ऐसे क्षेत्र हैं, जहां विभिन्न कृषि उपज किसानों द्वारा लाइसेंस प्राप्त व्यक्तियों या कमीशन एजेंटों को बेची जा सकती हैं। पूरे देश में ऐसी 2,477 प्रमुख मंडियाँ और 4,843 छोटे बाजार यार्ड हैं।

इस प्रणाली का उद्देश्य यह सुनिश्चित करना था कि लालची और शक्तिशाली व्यापारी तबका किसानों को कम कीमत देकर भगा न दें। ये बाजार खाद्यान्न की सरकारी खरीद के भी मुख्य केंद्र बन गए हैं। वर्षों से चल रही इस प्रणाली में काफी भ्रष्टाचार व्याप्त हो गया है, एजेंटों ने कीमतों में हेरफेर करने का एक शक्तिशाली कार्टेल बना लिया है या चयनित विक्रेताओं के पक्ष में रिश्वत लेकर वे मूल्य घुमा देते हैं।

हालांकि इस प्रणाली के पूरी तरह से खत्म होने के बाद अब कोई भी व्यापारी देश में कहीं भी किसी भी किसान से संपर्क कर सकता है और उसकी उपज खरीद सकता है।

चूंकि देश में 64 प्रतिशत किसानों के पास छोटी और सीमांत जोतें हैं लिहाजा उनके पास बेचने के लिए कम माला में उत्पादन होता है। वे शायद ही किसी बाजार/कारोबारी के पास ले जाने के लिए लंबी दूरी का परिवहन खर्चा उठाने की स्थिति में होंगे जो उन्हें बेहतर कीमत प्रदान करता हो। असल में, उन्हें व्यापारियों द्वारा एक शॉर्टकट रास्ता पेश किया जाएगा जो फार्म गेट से ही, उनकी उपज खरीद लेंगे। इस प्रक्रिया में मुनाफ़ा धन्नासेठों या बड़े धन वाले व्यापारियों का होगा और वे सभी छोटी मछलियों को निगल लेंगे। इस एकाधिकार की स्थिति में, वे कीमतों और अन्य शर्तों को भी खुद के फायदे के लिए तय करेंगे।

यहाँ यह भी ध्यान दें कि एपीएमसी राज्य सरकार के अधिकार क्षेत्र में आते हैं। लेकिन ये कानून विशेष रूप से राज्य के क़ानूनों को दुर्बल बनाता है। इस बारे में पूछे जाने पर, कृषि मंत्री ने कथित तौर पर दावा किया कि कृषि व्यापार संविधान की केंद्रीय सूची में है और इसीलिए वे इस कानून को लाए हैं।

यह ईसीए में बदलाव के साथ तफ़सील से काम करेगा : व्यापारी जितना चाहें उतना स्टॉक रखने में सक्षम होंगे। यह बड़ी कृषि-प्रसंस्करण यानी कृषि उत्पाद बनाने वाली कंपनियों को भी मदद करेगा, जिसमें विशाल विदेशी कंपनियाँ भी शामिल हैं, जो खुद के लाभ की खोज में स्वतंत्र रूप से खाद्यान्न या यहां तक कि सड़ने वाले उत्पाद की खरीद सस्ते में करेंगी। उदाहरण के लिए, एक बिस्कुट या ब्रेड उत्पादक अपनी इच्छा के अनुसार गेहूं का स्टॉक खरीदेगा और उसका भंडारण करेगा, इससे गेहूं की कीमतों पर या गेहूं की उपलब्धता पर बड़ा प्रभाव पड़ सकता है, जो देश के कई हिस्सों में एक मुख्य ख़ुराक है।

इस प्रकार इस कानून के साथ, कृषि-उत्पादन व्यापार की पूरी प्रणाली का निजीकरण कर दिया गया है।

ठेके पर खेती

तीसरा कानून बताता है कि किसान किस तरह से ठेके पर खेती करने के लिए प्रायोजक पार्टी के साथ समझौता कर सकता है। अर्थात एक निश्चित मूल्य पर निश्चित

मात्रा में कुछ तय उपज की खेती प्रदान करना। देश के विभिन्न हिस्सों में यह व्यवस्था पहले से ही चलन में है। एक निश्चित पैसे के वादे के कारण किसानों को यह व्यवस्था लाभकारी दिख सकती है।

लेकिन इसमें कुछ ख़ामियाँ मौजूद हैं:

पेश की गई कीमतें भविष्य में गिर सकती हैं क्योंकि प्रायोजक पार्टी (आमतौर पर एक बड़ी कंपनी, जो अक्सर कृषि-प्रसंस्करण में शामिल होती है) अपने हितों के मद्देनज़र कीमतों का निर्धारण करेगी।

कंपनियां किसानों को कुछ खास किस्म की फसलें उगाने के लिए कह सकती हैं जैसे आलू (चिप्स के लिए) या टमाटर (केचप के लिए)। इस तरह का कोई भी कदम देश के खाद्यान्न उत्पादन को प्रभावित करेगा, जिससे अन्य कंपनियों के लिए खाद्यान्न आयात करने के दरवाज़े खुल जाएंगे। दूसरे शब्दों में, देश की खाद्य सुरक्षा खतरे में पड़ सकती है।

किसानों और कंपनियों के बीच समझौता असमान होगा क्योंकि कंपनी के पास कहीं अधिक संसाधन और ताक़त है। इसलिए, विवाद या शर्तों का समाधान बहुत असमान और अन्यायपूर्ण होगा;

नकदी फसल और अन्य जोतदारों को बाहर फेंक दिया जाएगा।

कृषि श्रमिकों और उनके वेतन या अन्य अधिकारों का इस नई व्यवस्था में कोई स्थान नहीं होगा।

आवश्यक वस्तु अधिनियम (ईसीए) में परिवर्तनः

1955 में पारित इस कानून ने भारत सरकार को व्यापारियों या कंपनियों को खाद्यान्न स्टॉक रखने की मात्रा सीमित रखने का अधिकार दिया था और सरकार को ही उनकी कीमतें तय करने का हक़ था। अब तर्क यह दिया जा रहा है कि तब भारत में खाद्यान्न का संकट होता था, और तब यह कानून जरूरी था, लेकिन अब जब हमारे पास भरपूर उपज और पर्याप्त कृषि उत्पादन है, इसलिए अगर इसे बेकार न भी कहा जाए तो कम से कम यह एक बाधा जरूर है।

इसलिए, नए कानूनों में यह कहते हुए सरकार ने एक उप-धारा को सम्मिलित कर लिया है जिसके मुताबिक केवल युद्ध, अकाल, प्राकृतिक आपदा आदि जैसी

अनाज की उपलब्धता प्रति व्यक्ति दैनिक उपभोग (ग्राम)

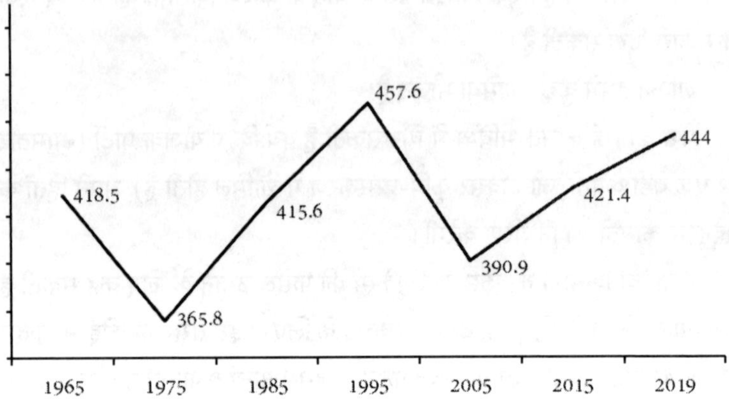

असाधारण परिस्थितियों में ही सरकार ऐसे खाद्य पदार्थों की आपूर्ति को नियंत्रित कर सकती है, जिसमें अनाज, दालें, आलू, प्याज, खाद्य तिलहन और तेल आदि शामिल हैं, और उनकी मूल्य सीमा केवल तभी नियंत्रित की जाएगी जब हॉर्टीकल्चर उत्पादों के दाम 100 प्रतिशत और गैर-सड़ने वाले उत्पादों के दाम 50 प्रतिशत पार कर जाएंगे।

यह दलील विवादास्पद और साफ़ तौर पर गलत है। यहाँ दिए गए चार्ट में अनाज और दालों की उपलब्धता पर एक नज़र डालें। यहाँ विभिन्न वर्षों के सरकार के खुद के आर्थिक सर्वेक्षण के आकड़ों का उपयोग किया गया है।

अनाज की उपलब्धता ऊपर-नीचे होती रहती है और वैसे भी उसकी उपलब्धता को मानसून निर्धारित करता है, लेकिन 1965 और 2019 के बीच, प्रति दिन प्रति व्यक्ति सेवन में वृद्धि मात्र 26 ग्राम या 6 प्रतिशत है। यह आश्वस्त होने के लिए काफी नहीं है, क्योंकि एक ही खराब मानसून इसे नीचे ले आता है।

दालों की स्थिति काफी खराब है, जैसा कि नीचे दिए गए चार्ट में देखा जा सकता है। 1965 की तुलना में, लोग प्रति दिन लगभग 14 ग्राम कम दाल खा रहे हैं – जो कि 22 प्रतिशत की कमी को दर्शाती है। याद रखें कि हाल के वर्षों में दाल की बड़ी उपलब्धता भारी आयात की वजह से हुई है। अगर आयात नहीं होता तो उपलब्धता काफी कम हो जाती।

दालों की उपलब्धता प्रति व्यक्ति दैनिक उपभोग (ग्राम)

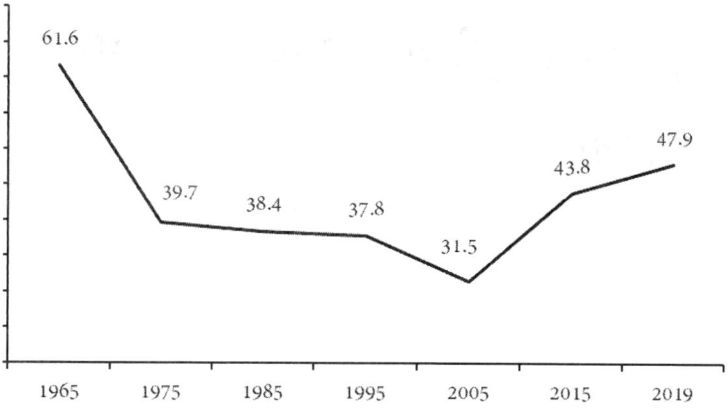

तो, स्टॉक और मूल्य पर प्रतिबंध हटाने का मतलब होगा कि बड़े व्यापारी (या उनके कार्टेल) बहुत अधिक स्टॉक जमा कर सकते हैं और इस प्रकार कीमतों में वृद्धि कर सकते हैं। यह कोई पुरानी बात नहीं है – यह प्याज के मामले में बार-बार हुआ है। जाहिर है, यह व्यापारियों और कंपनियों के लिए एक बड़ा लाभ का मामला होगा क्योंकि वे खुद ही कीमतों को घुमाएंगे और भूख से लाभ कमाएंगे।

संक्षेप में, यह बदलाव किसानों के खिलाफ है और संतुलन को व्यापारिक घरानों और बड़े व्यापारियों के पक्ष में बदलकर रख देता है, जिसमें विदेशी एकाधिकार की कंपनियाँ भी शामिल होंगी।

इन परिवर्तनों का लाभ उठाने के लिए न तो किसान, कृषि मजदूर और न ही भारत में आम नागरिक (उपभोक्ता) सामने आ पाएंगे। ये सभी बदलाव घरेलू और विदेशी दोनों तरह के एग्री-ट्रेडर्स या कृषि व्यापार और एग्री-प्रोसेसिंग कंपनियों के लिए मुनाफ़े का दरवाज़ा खोलने के लिए ही बने हैं।

सार्वजनिक क्षेत्र के उद्यमों से लेकर स्वास्थ्य सेवा तक, शिक्षा से लेकर रक्षा तक और प्राकृतिक संसाधनों से लेकर अंतरिक्ष कार्यक्रम तक – यह फैसला मोदी सरकार द्वारा हर क्षेत्र का निजीकरण करने की कवायद के अनुरूप ही है। और यह सब 'आत्मनिर्भर भारत' के निर्माण के नाम पर किया जा रहा है!

प्रभात पटनायक

कृषि को खुले बाज़ार के भरोसे छोड़ना घातक

नरेंद्र मोदी सरकार द्वारा लाए गए कृषि क़ानूनों का देश भर में विरोध हो रहा है। आज ज़्यादातर टिप्पणीकार किसानों के पक्ष में खड़े नज़र आ रहे हैं। वहीं कुछ लोग, जो ज़रूरी नहीं कि मोदी से सहमत ही हों, यह सवाल उठा रहे हैं कि कृषि में खुले बाज़ार की व्यवस्था क्यों नहीं लागू हो सकती? इस सवाल का जवाब बहुत जाना-पहचाना है, लेकिन आज इसे दोहराना ज़रूरी हो गया है।

जैसा केन्स ने बताया है, खुले बाज़ार का तरीका अर्थव्यवस्था के लिए समग्र तौर पर पर्याप्त नहीं है। लेकिन फिलहाल इस मुद्दे पर केन्स के तर्कों को भूल जाएं, तब भी दो वजहों से कृषि क्षेत्र के लिए खुला बाज़ार सही साबित नहीं होता दिखाई पड़ता है। पहला, खुले बाज़ार में कृषि उत्पादों की जो क़ीमत होगी, वह सामाजिक ज़रूरत के मुताबिक नहीं होगी और यह एक सामाजिक त्रासदी साबित होगी। दूसरा, अगर कृषि को खुले बाज़ार के भरोसे छोड़ दिया जाए तो कृषि उत्पादों की जो नई मात्रा बाज़ार में आएगी या अलग-अलग कृषि उत्पादों के लिए ज़मीन के उपयोग की प्रवृत्ति में जो तब्दीली आएगी, वह भी सामाजिक तौर पर बड़ा संकट साबित होगी।

इन दो मुद्दों पर विश्लेषणात्मक स्पष्टता के लिए हम मान लेते हैं कि कृषि में सिर्फ एक तरह का उत्पाद – खाद्यान्न अनाज – उगाया जाएगा। खाद्यान्न अनाज की मांग, क़ीमत पर निर्भर नहीं होती। क्योंकि यह हर व्यक्ति के लिए बेहद ज़रूरी कृषि उत्पाद

है। जबकि इसका उत्पादन कई उतार-चढ़ावों, जैसे मौसमी स्थितियों से प्रभावित होता है। (सामान्य तौर पर कृषि उत्पादों में यह गुण पाया जाता है।)

इसलिए सामान्य स्थितियों में मांग और आपूर्ति बराबर होने के स्तर के इर्द-गिर्द क़ीमतों में बड़ा उतार-चढ़ाव होगा। अगर क़ीमतें बहुत कम हो जाएंगी, तो किसानों पर कर्ज़ चढ़ जाएगा, जिससे वो हमेशा से जूझते रहे हैं। अगर क़ीमतें बहुत ज़्यादा हो जाएंगी, तो उपभोक्ताओं का कुछ हिस्सा बाज़ार से बाहर हो जाएगा। खाद्यान्न अनाज जैसी ज़रूरी वस्तुओं के मामले में यह बहुत ख़तरनाक हो सकता है।

इस तरह की अति का एक उदाहरण 'महान मंदी' (ग्रेट डिप्रेशन) के वक़्त क़ीमतों में आई भयानक गिरावट है, जिसके चलते बहुत सारे किसान कर्ज़ में फँस गए थे। वहीं बंगाल के अकाल के दौरान 1943 में 30 लाख लोग मारे गए थे। इनमें से कोई भी घटनाएँ आपूर्ति की तरफ से झटके के चलते पैदा नहीं हुई थीं और ना ही यह फ़सल खराब होने या फसल बहुत ज़्यादा होने की वज़ह से उपजी थीं। लेकिन मैंने इनका उदाहरण यह बताने के लिए दिया कि खाद्यान्न की क़ीमतों में जबर्दस्त बदलाव कितनी भयानक त्रासदियों को ला सकता है।

ऐसा नहीं था कि 1930 की महान मंदी के दौरान खाद्यान्न उपभोक्ताओं को बहुत फायदा हुआ हो या खाद्यान्न उत्पादकों को बंगाल के अकाल के दौरान बहुत लाभ मिला हो। यह सभी घटना स्पष्ट तौर पर सामाजिक त्रासदियां थीं।

खुले बाज़ार की कार्यप्रणाली का मुख्यधारा का सिद्धांत ऐसी घटनाओं की कल्पना भी नहीं करता। सामान्य सिद्धांत एक 'खुले बाज़ार संतुलन' के अस्तित्व में होने की बात मानता है, जहां हर तरह की वस्तुएं 'ग्रॉस सब्सटिट्यूट्स' हैं। मतलब अगर किसी एक वस्तु की क़ीमत बढ़ती है (जब दूसरी सभी वस्तुओं की क़ीमत भी बिना परिवर्तन के स्थिर हो) तब दूसरी सभी वस्तुओं की मांग बढ़ जाएगी या फिर स्थिर रहेगी।

यह चीज खाद्यान्न अनाज जैसी वस्तुओं के अस्तित्व की तरफ ध्यान नहीं देती, जिसमें अगर क़ीमतों में वृद्धि होती है, तो सारी दूसरी चीजों की मांग कम हो जाती है क्योंकि उपभोक्ता तब अपने पैसे का ज़्यादा हिस्सा खाद्यान्न अनाज खरीदने में लगाने लगते हैं। दूसरी चीजें खाद्यान्न का विकल्प नहीं हो सकतीं। जबकि एक 'सही खुला बाज़ार संतुलन' में ऐसा किसी चीज के लिए दूसरा विकल्प होना चाहिए।

इसलिए यह ज़रूरी है कि खाद्यान्न क़ीमतें बहुत ज़्यादा ऊंची ना हों या फिर बहुत नीचे ना चली जाएं। तब सरकारी हस्तक्षेप खुला बाज़ार संतुलन को बनने से रोकता है। इसलिए कुछ टिप्पणीकारों द्वारा यह कहना कि हस्तक्षेप की व्यवस्था पर खुले बाज़ार को लागू किया जाए, वह पूरी तरह गलत है।

अब हम कृषि उत्पादों की मात्रा की तरफ चलते हैं। मतलब इस उत्पादन के लिए ज़रूरी ज़मीन का इस्तेमाल खुला बाज़ार करेगा। किसी तरह के विरल संसाधन का खुले बाज़ार में किस तरह इस्तेमाल होता है, यह इस चीज पर निर्भर करता है कि संभावित खरीदारों या उपयोगकर्ताओं के हाथों में कितनी क्रय शक्ति है। कृषि को खुला बाज़ार व्यवस्था पर छोड़ने का एक बुरा नतीज़ा यह होगा कि तब ज़मीन का उपयोग उन उत्पादों के लिए ज़्यादा होगा, जिनकी मांग पश्चिम या समाज के कुछ प्रभावकारी तबके में है। इससे खाद्यान्न अनाजों का उत्पादन कम हो जाएगा।

दूसरे शब्दों में कहें तो विदेशों और देश में बैठे प्रभावी उपभोक्ताओं की ज़्यादा मजबूत क्रयशक्ति के चलते खाद्यान्न अनाज का उत्पादन छिन जाएगा। भले ही इससे खाद्यान्न अनाज की क़ीमतों में बढ़ोत्तरी ना हो, क्योंकि विकसित देशों से इसका आयात किया जा सकता है। लेकिन इससे दो चीजें ज़रूर होंगी। पहली, कई दशकों में देश ने जो आत्मनिर्भरता विकसित की है, वह खत्म हो जाएगी और हमारे देश को खाद्यान्न आयातक या निर्भर देश बना देगी। दूसरा, बड़े पैमाने की भुखमरी होगी।

हम पहले दूसरा मुद्दा उठाते हैं। मान लेते हैं कि खाद्यान्न अनाज के उत्पादन के लिए कोई ज़मीन 10 लोगों को रोज़गार देती थी। अब उसी ज़मीन को किसी दूसरी फ़सल, जैसे फलों के उत्पादन के लिए इस्तेमाल किया जाता है, तो उसमें पांच लोगों को ही काम मिलता है। तब ज़मीन के इस्तेमाल में खाद्यान्न अनाज के उत्पादन से फल उत्पादन की तरफ जाने में पांच लोग बेरोज़गार हो गए। इन पांच लोगों के पास खाद्यान्न अनाज़ की मांग पूरा करने लायक क्रय शक्ति नहीं होगी। तो इसलिए अगर आयात असीमित मात्रा में उपलब्ध भी होंगे, भले ही देश के पास विदेशों से आयात करने लायक विदेशी मुद्रा होगी, तब भी भुखमरी में इज़ाफा होगा, क्योंकि लोगों के पास खाद्यान्न खरीदने लायक क्रयशक्ति ही नहीं होगी।

वैसे इस तर्क में यह बात भी निहित है कि कम लोगों के बूते ही खाद्यान्न की बजाय दूसरी फसलों का प्रति रकबा बेहतर उत्पादन किया जा सकता है। यहां यह

ध्यान रखना ज़रूरी है कि शहरी मांग के चलते जिन फ़सलों की पैदावार बढ़ेगी या प्रभावी सामाजिक हिस्से की मांग से पैदावार में जो बढ़ोत्तरी होगी, उसमें औसत तौर पर निश्चित ही कम रोज़गार लगेगा। यह उस हद तक भी हो सकता है कि ज़मीन का उपयोग फ़सल उपजाने की बजाय रियल एस्टेट या गोल्फ कोर्स बनाने में किया जाए जिसमें प्रति इकाई रोज़गार और भी कम होगा, जिससे बड़े पैमाने पर बेरोज़गारी और भुखमरी पैदा होगी। मुख्यधारा का अर्थशास्त्र इस सीधे तथ्य को पहचान नहीं पाता, क्योंकि उसकी धारणा है कि हर वक़्त पूर्ण रोज़गार उपलब्ध होगा और इस खुले बाज़ार संतुलन में हर कोई जिंदा रह सकता है।

अब हम पहले मुद्दे पर आते हैं, मतलब खाद्यान्न में आत्मनिर्भरता का खात्मा। मतलब अब देश खाद्यान्न अनाज का उत्पादन नहीं करेगा, उसे विदेशों से आने वाले आयात पर निर्भर रहना होगा। इससे दो समस्याएं पैदा होंगी। पहली यह कि हमारी मांग के अनुरूप खाद्यान्न अनाज बाज़ार में हमेशा उपलब्ध नहीं होगा। यह एक बड़े देश के मामले में खास हो जाता है, जिसकी ज़रूरतें बेहद बड़ी हो सकती हैं। जब भारत जैसे आकार के देश वैश्विक बाज़ार में कोई चीज खरीदने जाते हैं, तो स्वाभाविक तौर पर क़ीमतें बढ़ जाती हैं।

दूसरी समस्या यह है कि असल दुनिया का बाज़ार किताबों की तस्वीर से बहुत अलग होता है। किताबों की दुनिया में बड़ी संख्या में खरीदार और विक्रेता होते हैं, जिनका आपस में कोई अच्छा-बुरा संबंध नहीं होता।

लेकिन वैश्विक अनाज बाज़ार में किसी देश को अपनी मांग की चीजें मिलेंगी या नहीं, यह अमेरिका या यूरोपीय सरकारों से उसके अच्छे संबंधों पर निर्भर करता है। ये प्रतिबंध लगा सकते हैं, सामने वाले देश पर अपनी विदेश नीति के हिसाब से परिवर्तन के लिए दबाव डाल सकते हैं। या फिर यह ताकतवर देश सामने वाले देश से उनकी मांग के बदले, खुद के देश की कंपनियों के लिए रियायतें मांग सकते हैं। इसलिए अगर किसी देश के पास खाद्यान्न अनाज खरीदने के लिए विदेशी मुद्रा हो और वैश्विक बाज़ार में वह चीज उपलब्ध हो, तब भी किसी देश को इन्हें खरीदने के लिए मुद्रा से इतर दूसरी चीजों के रूप में क़ीमत चुकानी पड़ती है।

इन सभी वज़हों से अगर किसी बड़े देश को खाद्यान्न सुरक्षा सुनिश्चित करनी है, तो उसको खुद अपना खाद्यान्न उगाना पड़ेगा। इसलिए क्या उगाना चाहिए और भूमि

उपयोग का ढांचा, खुले बाज़ार पर नहीं छोड़ा जा सकता। सामाजिक तार्किकता की मांग है कि किस चीज का उत्पादन किया जाए, उसके लिए सरकार हस्तक्षेप करे। और इसे हासिल करने का एक स्वाभाविक तरीका यह है कि बाज़ार में क़ीमतों के निर्धारण के लिए सरकार द्वारा तय की गई नीतियां हों, ना कि इन्हें बाज़ार द्वारा तय किया जाए।

भारत में बहुत कोशिशों के बाद एक पूरी व्यवस्था बनाई गई है, जिसमें न्यूनतम समर्थन मूल्य, उपार्जन मूल्य, खाद्यान्नों के लिए क़ीमतें और सब्सिडी शामिल हैं। इनके जरिये बाज़ार से इतर और सामाजिक जरूरतों के मुताबिक नतीज़े हासिल करने की कोशिश होती है। इस चीज का विकसित देशों ने पूरे दम से विरोध किया है और वे चाहते हैं कि भारत जैसे देश को वे अपने हाथों से खाना खिला सकने की स्थिति में आ सकें। इसका विरोध घरेलू कॉरपोरेट ने भी किया है, जिनकी तार्किकता अपने हितों के आसपास घूमती है, जो नहीं चाहते कि सरकार अपने कर्तव्यों को पूरा करे। मोदी सरकार कॉरपोरेट और साम्राज्यवादियों के हितों के लिए क़ानूनों के ज़रिए इस प्रबंध को तोड़ना चाहती है।

टिकरी बॉर्डर पर खाना बनाते किसान। वे कहते हैं कि वे तब तक रहेंगे जब तक उनकी मांगें पूरी नहीं होतीं / सोनाली

सिंघु बॉर्डर पर एक स्वर में नारे लगाते आंदोलनकारी / मोहित सोधा

सिंघु बॉर्डर पर बड़ी संख्या में महिलाएं हैं आंदोलन का हिस्सा / मोहित सोधा

सिंघु बॉर्डर पर वक्ताओं को सुनते हुए आंदोलनकारी / अंकित पांडे

तेजल कानितकर, जूही चटर्जी

किसानों पर बिजली गिराएगा बिजली संशोधन बिल

किसान आज कृषि-क़ानूनों के साथ-साथ इस वर्ष की शुरुआत में केंद्र सरकार द्वारा प्रस्तावित बिजली (संशोधन) विधेयक 2020 की वापसी की भी मांग कर रहे हैं। यदि यह विधेयक पारित हो जाता है, तो किसानों पर 1,00,000 करोड़ रुपये अतिरिक्त बोझ बढ़ जाएगा और सिंचाई की लागत में 500 प्रतिशत की वृद्धि होने की आशंका है। यही कारण है कि बिजली-अधिनियम उन किसानों के लामबंद होने का मुद्दा बन गया है, जो दिल्ली की सीमाओं पर कड़कड़ाती ठंड में डेरा डाले बैठे हैं।

यह प्रस्तावित संशोधन सभी किस्म की क्रॉस-सब्सिडी को हटाने और सभी उपभोक्ताओं को आपूर्ति की जाने वाली बिजली की वास्तविक लागत का भुगतान करने का प्रावधान करता है। संशोधन में इसे उपभोक्ता द्वारा सेवा के एवज़ में लागत अदा करना कहा गया है। वर्तमान में आर्थिक रूप से संपन्न उपभोक्ता उच्च दर का भुगतान करते हैं, जबकि गरीब और ग्रामीण उपभोक्ता को क्रॉस-सब्सिडी मिलती है। प्रस्तावित संशोधन के तहत, किसानों और ग्रामीण उपभोक्ताओं को बिजली की उच्चतम कीमत चुकानी होगी, क्योंकि ग्रामीण क्षेत्रों में बिजली आपूर्ति की लागत शहरी उपभोक्ताओं की तुलना में काफी अधिक है। और इसका अनुमान लगाने के लिए कोई पुरस्कार तो मिलेगा नहीं कि बिजली की सबसे कम कीमत कौन देगा: ये बड़े उद्यम और आर्थिक रूप से संपन्न उपभोक्ता हैं, जो वर्तमान में गरीब और ग्रामीण उपभोक्ताओं की सब्सिडी का सहारा हैं।

इस लेख में, हम किसानों पर पड़ने वाले प्रभाव पर ध्यान केंद्रित कर रहे हैं। कृषि-कानून एक संवैधानिक दुस्साहस है और केंद्र सरकार ने राज्य के विषय में एक गंभीर दखल दी है। जब बिजली क्षेत्र की बात आती है, जो कि समवर्ती विषयों की सूची में है, तो इस तरह के अतिक्रमण का एक लंबा इतिहास है।

1990 के बाद से, सभी सरकारों का मुख्य एजेंडा एकीकृत बिजली ग्रिड को तोड़ कर उसे वितरण, प्रसारण और बिजली पैदा करने के काम में विभाजित करने का रहा है। साथ ही वितरण कंपनियों, डिस्कोम (DISCOM) सहित इसके कुछ हिस्सों का निजीकरण करने का प्रयास भी किया गया है। कुछ अपवादों को छोड़कर यानी कुछ बड़े शहरों को छोड़कर, बाकी में ऐसा करने के प्रयास भयंकर रूप से विफल रहे हैं।

निजीकरण को बिजली वितरण की सभी बीमारियों को दूर करने वाला रामबाण माना गया मगर यह निजी पूंजी को आकर्षित करने में सफल नहीं हुआ, जिसे अक्सर बिजली क्षेत्र में क्रॉस-सब्सिडी के लिए जिम्मेदार ठहराया जाता है। क्रॉस-सब्सिडी एक ऐसी नीति है जिसमें अमीर उपभोक्ता औसत लागत से अधिक का भुगतान कर गरीब उपभोक्ताओं को दी जा रही सब्सिडी की क्षतिपूर्ति करता है। ग्रामीण उपभोक्ता, कृषि और घरेलू, दोनों इन सब्सिडी के मुख्य लाभार्थी हैं। 2004 में आम चुनाव हारने से पहले पहली एनडीए सरकार ने विद्युत अधिनियम, 2003 पारित किया था और तभी से बिजली सब्सिडी का 'उन्मूलन' भारतीय जनता पार्टी के एजेंडे में रहा है। कॉमन मिनिमम प्रोग्राम के तहत पहली यूपीए सरकार ने 2003 के अधिनियम में इस प्रावधान को उलटने के लिए क्रॉस सब्सिडी की जगह सब्सिडी में 'प्रगतिशील कमी' लाने की बात की।

उस संशोधन को फिर से उलटते हुए, न्यू इलेक्ट्रिसिटी (अमेंडमेंट) बिल, 2020 में एक ही बार में क्रॉस-सब्सिडी को खत्म करने का प्रस्ताव किया गया है। संशोधन राज्य विद्युत नियामक आयोगों को किसी भी तरह की क्रॉस-सब्सिडी देने की अनुमति नहीं देता है और बिजली की 'पूरी लागत' के आधार पर टैरिफ तय करने का आदेश देता है। इसका अर्थ यह है कि उपभोक्ताओं को कृषि, घरेलू, औद्योगिक आदि सभी श्रेणी में बिजली की आपूर्ति के एवज़ में पूरा या वास्तविक भुगतान करना होगा। अगर कोई राज्य सरकार किसी भी श्रेणी के उपभोक्ताओं को सब्सिडी देना चाहती है, तो

वह डायरेक्ट बेनिफिट ट्रांसफर (DBT) तंत्र का इस्तेमाल करके सब्सिडी का लाभ सीधे उपभोक्ताओं को हस्तांतरित कर सकती हैं।

इस नीति का पहला और सबसे सीधा परिणाम यह होगा कि ग्रामीण उपभोक्ताओं, विशेष रूप से कृषि उपभोक्ताओं से सबसे अधिक टैरिफ वसूला जाएगा। इन उपभोक्ताओं को बिजली सेवा काफी महंगी पड़ेगी, क्योंकि उन्हें बिजली की आपूर्ति के लिए लंबे समय तक ट्रांसमिशन और वितरण लाइनों और स्टेप-डाउन ट्रांसफार्मर की जरूरत होगी और इसलिए अटेंडेंट लाइन के नुकसान की अतिरिक्त लागत देनी होगी। दूसरी ओर, हाइ टेंशन लाइनों के माध्यम से बिजली प्राप्त करने वाले बड़े औद्योगिक उपभोक्ताओं के लिए बिजली का टैरिफ कम हो जाएगा। किसी को इन नतीजों पर पहुँचने के लिए जटिल समीकरणों का इस्तेमाल करने की जरूरत नहीं है कि यह सब शुरू करना बड़ा ही असमानता भरा काम होगा।

राज्यों को तब उन उपभोक्ताओं की पहचान करनी होगी जिन्हे प्रत्यक्ष सब्सिडी समर्थन की जरूरत होगी और वह भी तब जब सरकार ऐसा करना जरूरी समझती है। इस सब्सिडी को राज्य सरकार सीधे उपभोक्ता को देगी, लेकिन लाभार्थी को बिल की पूरी राशि/लागत का भुगतान वितरण कंपनी को तुरंत करना होगा। अगर ऐसा करने में वह विफल हो जाता है तो बिजली कनेक्शन काट दिया जा सकता है। जाहिर है, इसका सबसे ज्यादा असर खेतिहर परिवारों पर होगा, जो पहले से ही अनिश्चित आय से जूझ रहे हैं। यह उन पर बिजली गिरने जैसा होगा।

राज्यों में उपभोक्ताओं के बड़े वर्गों, जिसमें किसान, मजदूर, छोटे घर, घरेलू उद्यमों, स्कूलों, सार्वजनिक स्वास्थ्य केंद्र आदि शामिल है, को अपने बिलों का भुगतान भी बिना किसी क्रॉस-सब्सिडी के करना होगा और अगर सरकार उन्हें सब्सिडी देती है तो यह राज्य के वित्त को बर्बाद करके रख देगा। राज्य के राजस्व की लगभग सभी धाराओं पर केंद्र सरकार के अतिक्रमण से (विशेष रूप से माल और सेवा कर – जीएसटी – के लागू होने के बाद) राज्य उपभोक्ताओं को सब्सिडी देने के लिए पैसा कहाँ से लाएँगे, जिनके लिए बिजली की उपलब्धता उनके जीवन, रोजगार और आजीविका पर निर्भर करती है? बिजली कोई लग्जरी तो है नहीं कि गांव के लोग उसके बगैर काम चला लेंगे और किसानों को हमारे लिए भोजन पैदा करने देंगे।

2018-19 में देश में कुल बिजली की बिक्री का कृषि क्षेत्र का हिस्सा 22.4 प्रतिशत था। उसी वर्ष में आपूर्ति की औसत लागत 6.13 रुपये प्रति यूनिट थी। यदि किसानों को इस लागत का भुगतान करना पड़ता तो अकेले कृषि उपभोक्ताओं से लगभग 1,32,000 करोड़ रुपये का राजस्व प्राप्त होता। ध्यान रखें कि यह आपूर्ति की औसत लागत है, न कि सेवा की लागत, जो ग्रामीण क्षेत्रों में और भी अधिक है। इसलिए प्रस्तावित बिल से किसानों पर प्रति वर्ष एक लाख करोड़ रुपये का बोझ पड़ेगा ही पड़ेगा। हालांकि इसके एक हिस्से की प्रतिपूर्ति की जा सकती है, लेकिन किसानों को इस लागत को अपनी जेब से भरना पड़ेगा और हम सब जानते हैं कि राज्य सरकारें लाभ पहुंचाने में कितना समय लेती हैं।

यदि इस संशोधन को लागू कर दिया जाता है, तो एक किसान जो साल में चार महीने, सप्ताह में दो बार, लगभग चार घंटे अपने 5 हॉर्स पावर के पंप-सेट को चलाता है, तो उसे बिजली बिलों में प्रति वर्ष लगभग 3,000 रुपये का अग्रिम भुगतान करना होगा। तो मौजूदा लागत की औसत की तुलना में सिंचाई की लागत में 500 प्रतिशत की वृद्धि होगी। अनियमित बारिश के कारण और अधिक पानी के इस्तेमाल के लिए यदि बड़े हॉर्स पावर पंप-सेट की जरूरत पड़ती है और साथ ही खेत ऐसी जगह पर हों, जहां ज़मीन में पानी कम है तो यह लागत और बढ़ जाएगी। इसका प्रभाव पूरे राज्यों में अलग-अलग होगा, लेकिन छोटे और सीमांत किसानों पर इसका असर पूरे देश में भयानक होगा।

वित्त-वर्ष 2018-19 में बिजली क्षेत्र में कुल सब्सिडी में से 55 प्रतिशत क्रॉस-सब्सिडी के माध्यम से हासिल किया गया था, जबकि शेष राशि प्रत्यक्ष सब्सिडी के रूप में डिस्कोम (DISCOM) को राज्य सरकारों द्वारा स्थानांतरित किया गया था। यदि रातों-रात क्रॉस-सब्सिडी को हटा दिया जाता है और राज्य सरकारें इस बिल को लागू कर दें तो उन पर एक बड़ा अतिरिक्त बोझ बढ़ जाएगा। कई राज्य सरकारों ने इसलिए इस विधेयक का सही ही विरोध किया है।

संदिग्ध प्रत्यक्ष लाभ हस्तांतरण योजना के बारे में कई मुद्दे हैं जिन पर ध्यान दिया जाना चाहिए। पहला यह है कि इसमें नकदी की तंगी से लैस राज्य सरकारों को यह राशि लाभार्थियों को हस्तांतरित करना है, इसलिए इसकी बहुत आशंका है कि धन हस्तांतरण में देरी होगी और व्यक्तिगत उपभोक्ताओं के कनेक्शन कटने का खतरा

रहेगा। इन उपभोक्ताओं में से कई, विशेष रूप से छोटे और सीमांत किसान होंगे जो पहले से ही बढ़ती इनपुट लागत और उपज के सही दाम न मिलने के कारण गंभीर क़र्ज़ में फंसे होंगे, इस प्रकार संभवतः वे नुकसान का सामना करेंगे।

प्रत्यक्ष लाभार्थी हस्तांतरण योजनाओं को चलाना कठिन काम है, जैसा कि कई अन्य क्षेत्रों में देखा गया है। उन क्षेत्रों में भी जब लाभार्थियों की पहचान करना अपेक्षाकृत आसान होता है जैसे उच्च शिक्षा में, जहां छात्रों को अपनी वास्तविक छात्रवृत्ति हासिल करने में कई बार महीनों तक इंतजार करना पड़ता है, जिससे उन्हें अपनी शिक्षा जारी रखना बहुत मुश्किल हो जाता है। कई अध्ययनों ने रसोई गैस वितरण में प्रत्यक्ष लाभार्थी हस्तांतरण योजना (DBT) की विफलता को दर्शाया है, जहां इस बात की कोई गारंटी नहीं है कि हस्तांतरित होने पर भी पैसा, महिलाओं को गैस सिलेंडर की खरीद के लिए उपलब्ध होगा। फिर कृषि क्षेत्र में, सब्सिडी का हस्तांतरण उन लोगों के लिए होगा जिनके पास भूमि है। पट्टे पर दी गई भूमि और बटाई पर खेती करने वालों को इसका लाभ मिलने की संभावना नहीं है। खाद्यान्न के मामले में, अध्ययन से पता चलता है कि सार्वजनिक वितरण प्रणाली की जगह डीबीटी योजना लाने से खाद्यान्नों की बाजार दर में वृद्धि हुई है, जो वृद्धि सब्सिडी हस्तांतरण में दिखाई नहीं देती है। बिजली के मामले में भी, जब तक कि प्रत्यक्ष सब्सिडी को बिजली की कीमतों में वृद्धि के साथ नहीं जोड़ा जाता है, तो समझ लीजिए कि यह योजना गरीब उपभोक्ताओं को बिना सहारे के छोड़ देगी और संभव है कि उन्हें बिना बिजली के रहना पड़े।

अंत में, अक्सर यह तर्क दिया जाता है कि समृद्ध किसान सब्सिडी का सबसे अधिक लाभ उठाते हैं और छोटे व सीमांत किसान इस लाभ को नहीं ले पाते हैं। यह सच नहीं है। उदाहरण के लिए, आंध्र प्रदेश और तेलंगाना जैसे राज्यों में, भूजल योजनाओं का 40 प्रतिशत से अधिक सीमांत किसानों के स्वामित्व में हैं, जो कि एक हेक्टेयर से कम भूमि के मालिक हैं और अन्य 50 प्रतिशत छोटे और अर्ध-मध्यम किसानों के स्वामित्व में है, यानी वे एक से चार हेक्टेयर जमीन के बीच के मालिक हैं जिन्हें ये लाभ मिल रहा है। पंजाब और राजस्थान में मध्यम किसान, जो कि 4-10 हेक्टेयर के बीच के मालिक होते हैं, भूजल योजनाओं के लगभग 30-40 प्रतिशत के मालिक हैं, दोनों राज्यों में 40 प्रतिशत से अधिक योजनाओं का स्वामित्व छोटे

और अर्ध-मध्यम किसानों के पास है। यानि एक से चार हेक्टेयर ज़मीन के बीच के मालिक।

दूसरी ओर, जब सतही जल योजनाओं की बात आती है, तो हरियाणा और पंजाब में उन पर मध्यम और बड़े किसानों का बहुत अधिक स्वामित्व है। हालाँकि, सतही जल दरों में अत्यधिक सब्सिडी दी जाती है और इन्हें संशोधित करने के बारे में कोई चर्चा नहीं होती है। लेकिन इलेक्ट्रिक पंप-सेट आधारित भूजल सिंचाई को लगातार अधिक महंगा बनाने की कोशिश की जाती रही है।

और सबसे महत्वपूर्ण बात यह है कि अगर सरकार वास्तव में भूमिहीन, सीमांत और छोटे किसानों को लेकर चिंतित है तो उसे इस बात को स्वीकार करना चाहिए कि लाभ का असमान वितरण भूमि के असमान वितरण का परिणाम है और देश के अधिकांश हिस्सों में गंभीर किस्म के भूमि सुधार के अभाव में ऐसा है। फिर भी, इसे संबोधित करना केंद्र सरकार के एजेंडे में दूर-दूर तक नहीं है।

दिल्ली की ओर जाने वाली सड़कों पर लाल झंडों की मौजूदगी को देखते हुए सरकार और मीडिया ने विरोध प्रदर्शनों को विचारधारा विशेष से प्रेरित और पक्षपातपूर्ण बताया है। यह चरित्र चित्रण इस बात को नज़रअंदाज़ कर देता है कि जिन लोगों ने एक के बाद एक तीन कृषि-क़ानूनों को बिना किसी लोकतांत्रिक चर्चा के पारित किया वे भी खास विचारधारा से प्रेरित और पक्षपातपूर्ण हैं। अंतर यह है कि एक विचारधारा किसान और मेहनतकश जनता के अधिकारों के लिए लड़ रही है और दूसरी उनके खिलाफ खड़ी है।

एम श्रीधर आचार्युलु

संविधान के साथ धोखाधड़ी हैं कृषि कानून

2018 में आधार अधिनियम को एक मनी बिल के रूप में पारित किया गया था, जिस पर सुप्रीम कोर्ट ने निर्णय देते हुए असंतोष जताया और इसे 'संविधान के साथ धोखाधड़ी' कहा था। धारा 367 की गैरलोकतांत्रिक व्याख्या करते हुए राष्ट्रपति की अधिसूचना के जरिए संविधान के अनुच्छेद 370 को संशोधित कर दिया गया। नागरिकता संशोधन अधिनियम भी कुछ गलत धारणाओं और झूठे बयानों के आधार पर लाया गया। और अब राष्ट्रीय जनतांत्रिक गठबंधन की सरकार ने तीन कृषि-अधिनियमों को इस तरह पारित किया है जिसे कोई भी संसदीय लोकतंत्र स्वीकार नहीं कर सकता है – जो संविधान के साथ एक और धोखाधड़ी है। ये नए क़ानून मौलिक रूप से असंवैधानिक हैं क्योंकि ये राज्य की शक्तियों का सर्वनाश करते हैं और केंद्र द्वारा राज्य विधायिका के अधिकारों का अतिक्रमण करते हैं।

संघीय विचार

संविधान सभा ने संघ और राज्यों के बीच संप्रभुता और अधिकारों के वितरण को लेकर व्यापक बहस की थी और अनुच्छेद 1 और 246 के तहत एक सीमित संघीय ढांचे की परिकल्पना की थी। इस बहस और निर्णयों के माध्यम से राज्यों और केंद्रीय विधायिकाओं को दो सूचियों द्वारा कड़ाई से अलग किया गया था और दोनों को ही

भरपूर शक्ति दी गई थी। तीसरी सूची यानी समवर्ती सूची के तहत आपसी सहयोग वाले सहकारी संघ की परिकल्पना की गई थी। यानी इस सूची में दिए गए विषयों पर दोनों क़ानून बना सकते हैं। इसका मतलब स्पष्ट है कि संसद के पास अनुच्छेद 368 के तहत संविधान को संशोधित करने की शक्ति होने के बावजूद वह राज्य के विषयों पर क़ानून नहीं बना सकती है। केंद्र राज्यों की समग्र शक्तियों को न तो वापस ले सकता और न ही उन्हें हटा सकता है।

आज सरकार में मौजूद मंत्रियों, संसद सदस्यों, राज्यसभा के सभापति और उप-सभापति को या तो संविधान पढ़ना चाहिए था या फिर तीन कृषि-क़ानूनों को पारित करने से पहले उन लोगों से सलाह लेनी चाहिए थी, जो क़ानून को समझते हैं। राज्य सूची में मौजूद 14, 18 और 24 उपधारा/प्रविष्टियां संसद को उनमें सूचीबद्ध विषयों पर कोई क़ानून पारित करने की अनुमति नहीं देती हैं। वास्तव में, राज्यों ने पहले से ही इन विषयों पर क़ानून बनाए हुए हैं और वे अभी भी इन उपधारा/प्रविष्टियों में संशोधन कर सकते हैं या क़ानून बना सकते हैं ताकि एनडीए के कृषि-क़ानूनों ने किसानों के जो अधिकार व सहूलियतें कम कर दी हैं, उन्हें दोबारा बहाल किया जा सके।

जब केंद्र के कृषि-क़ानून और राज्यों के एपीएमसी क़ानून एक-दूसरे के विरोधाभासी होते हैं, तो संविधान राज्य द्वारा बनाए क़ानूनों की वैधता को सुनिश्चित करता है, भले ही वे केंद्रीय क़ानून के विरुद्ध क्यों न हों। ऐसा इसलिए है क्योंकि राज्य सूची में सूचीबद्ध विषयों पर राज्य के क़ानून, केंद्रीय क़ानूनों के ऊपर काम करते हैं। संविधान, संसद को केवल उन्हीं स्थिति में ऐसा कोई अधिकार देता है, जब राज्य और केंद्र दोनों मिलकर समवर्ती सूची के किसी विषय पर एक क़ानून बनाते हैं।

अनुच्छेद 246 (3) कहता है: 'खंड (1) और खंड (2) के अधीन रहते हुए, किसी राज्य की विधायिका को सातवीं अनुसूची की सूची II में (जिसे संविधान में राज्य सूची कहा गया है) शामिल किसी भी विषय के संबंध में उस राज्य या उसके किसी भाग के लिए क़ानून बनाने का अनन्य अधिकार है। 'राज्य की कार्यपालिका भी सूची I में दर्ज विषयों पर कोई भी निर्णय नहीं ले सकती है और न ही क़ानून बना सकती है। यह संविधान की अनुसूची 7 में संघ सूची के रूप में केंद्र के अधिकार क्षेत्र में आती है। इसी तरह, संसद भी, सूची II में शामिल विषयों पर क़ानून नहीं

बना सकती है। जाहिर है, वर्तमान संसद ने कृषि-क़ानूनों को लागू कर संविधान का उल्लंघन किया है।

हालांकि धारा 246 (3) की शुरुआत इस तरह होती है – 'खंड (1) और खंड (2) के अधीन रहते हुए। लेकिन इन खंडों में ऐसा कुछ नहीं है जिन पर संसद राज्य सूची में शामिल विषयों पर क़ानून बनाए। सिर्फ संसद ही नहीं, यहां तक कि अन्य राज्यों की विधायिकाओं को भी राज्य सूची की किसी भी उपधारा पर किसी भी राज्य के लिए क़ानून बनाने से पूरी तरह से बाहर रखा गया है। इसी तरह, राज्यों के पास संघ से संबंधित विषयों पर क़ानून बनाने की कोई शक्ति नहीं हैं।

संसद के पास राज्य के विषयों पर क़ानून बनाने की शक्तियां तब आती हैं, जब राज्यसभा का दो-तिहाई बहुमत महसूस करे कि ऐसा करना 'राष्ट्रीय हित' में जरूरी है। यह प्रावधान अनुच्छेद 249 (1) के तहत किया गया है। आपातकाल लगाने का भी प्रावधान है (अनुच्छेद 250)। इसके अलावा यह भी व्यवस्था है कि केंद्र दो या उससे ज्यादा राज्यों की सहमति से राज्य के मामले में कानून बनाए (अनुच्छेद252)। यही नहीं केंद्र विभिन्न संधियों और अंतरराष्ट्रीय समझौतों को लागू करने के लिए भी राज्य सूची पर कानून बना सकता है(अनुच्छेद 253)। लेकिन तीन कृषि कानून इस तरह की किसी भी श्रेणी में नहीं आते।

समवर्ती सूची, जो भारत के संघीय संविधान की अद्वितीय मिसाल है, का उद्देश्य केंद्र और राज्यों की विशेष शक्तियों की कठोरता को कम करना है। संविधान में 101वां संशोधन अधिनियम 2016 में अनुच्छेद 246ए के नाम से प्रस्तुत किया गया था जिसने केंद्र को जीएसटी क़ानून बनाने के लिए सशक्त किया था जिसके दायरे में सभी राज्य आते हैं। लेकिन यह कदम राष्ट्र के सहकारी संघवाद के खिलाफ चल गया जिसका दुष्परिणाम हम राज्यों के घटते वित्त और बढ़ते बकाये के रूप में देख सकते हैं।

एक अन्य उदाहरण लेते हैं। कृषि उपज बाजार समिति (एपीएमसी) क़ानून मुख्य रूप से किसानों की मदद करने और पूंजी के दबावों से उनकी रक्षा करने के लिए बनाया गया था, जो कि जोड़-तोड़ वाले वाणिज्यिक बाजारों में उनकी कमजोर स्थिति का एहसास कराता है। केंद्र द्वारा लागू नए क़ानून की धारा 7 राज्य के क़ानून द्वारा

किसानों को प्रदान की गई सुरक्षा को पूरी तरह हटा देती है। सवाल है कि नए कृषि कानून, जो सूची III की उपधारा के तहत लागू किए गए हैं, राज्य द्वारा राज्य सूची से प्राप्त उसकी संवैधानिक शक्ति के अंतर्गत बनाए कानूनों की अवहेलना कर सकते हैं?

अपने-अपने अधिकार क्षेत्रों में बनाए गए केंद्र एवं राज्य के कानूनों के बीच किसी भी तरह के टकराव को अब अनुच्छेद 246 के तहत हल किया जा सकता है। यह अनुच्छेद संसद और राज्यों की उनसे संबंधित सूचियों के तहत मिले उनके पूर्ण अधिकारों और समवर्ती सूची पर उनकी साझा शक्तियों से संबंधित है।

टकराव को अनुच्छेद 254 के तहत हल नहीं किया जा सकता है, जो संसद और विधानसभाओं द्वारा बनाए गए क़ानूनों के बीच पैदा हुई असंगति के मामलों को निपटाने से संबंधित है। इसके अलावा, न्यायपालिका ने भी कुछ ऐसे सिद्धांत दिए हैं, जिससे यह निर्धारित किया जा सकता है कि कोई कानून दमनकारी या असंगत है। हालांकि वे संसद द्वारा राज्य के विषय पर कानून बनाए जाने से पैदा हुए टकराव के मामले में अप्रासंगिक सिद्ध होते हैं। राज्यों के एपीएमसी अधिनियमों के संदर्भ में इसे समझने के लिए याद रखें कि ये सभी क़ानून सूची II की 14, 18 और 28 उपधारा की रोशनी में बनाए गए हैं, जो वास्तव में राज्य सूची के अंतर्गत आते हैं।

ये तीन प्रविष्टियाँ/उपधाराएं इस प्रकार हैं:

प्रविष्टि/उपधारा 14 कृषि से संबंधित है, जिसमें कृषि शिक्षा और अनुसंधान के अलावा कीटों से सुरक्षा और पौधों/फसलों की बीमारियों की रोकथाम भी शामिल है।

प्रविष्टि/उपधारा 18 भूमि से संबंधित है जिसमें भूमि में या भूमि पर अधिकार, भूमि के मालिक और जोतदार/किरायेदार के संबंध और किराया संग्रह करने के अधिकार; कृषि भूमि का हस्तांतरण और अलगाव; भूमि सुधार और कृषि ऋण; बस्ती बनाना शामिल है।

प्रविष्टि/उपधारा 28, बाजार और मेले से संबंधित है।

प्रविष्टि/उपधारा 14 में 'कृषि' का व्यापक दायरा आता है और इसमें भूमि, कृषि का कार्य, बीज और उपज शामिल हैं। अब, एपीएमसी अधिनियम 'कृषि उपज' को 'कृषि की उपज' के रूप में परिभाषित करता है। विनिर्माण और उत्पादों के बीच के अंतर को समझने के लिए सूची II की प्रविष्टि/उपधारा 24 में 'उद्योग' प्रासंगिक है।

यह प्रविष्टि/उपधारा मैन्युफैक्चरिंग को कवर करती है लेकिन इसके प्रोडक्ट को नहीं। इसी तरह, प्रविष्टि/उपधारा 26 और 27, व्यापार और वाणिज्य से निपटने के मामले में तथा आपूर्ति और वितरण के लिए अलग-अलग प्रविष्टियां हैं। हालांकि, 'उद्योग' के विपरीत, 'कृषि' से संबंधित प्रविष्टि 14 का दायरा व्यापक है और इसमें कृषि उपज भी शामिल है। इसके अलावा, ऐसी उपज की बिक्री और खरीद पूरी तरह से सूची II में, यानी 'बाजारों और मेलों' की प्रविष्टि 28 के तहत आती है। यह प्रविष्टि/उपधारा समवर्ती या संघ सूची में किसी अन्य प्रविष्टि के अधीन नहीं है यानी यह स्वतंत्र प्रविष्टि है। निष्कर्ष यह है कि राज्य का इन सभी पर पूर्ण अधिकार है।

'खाद्य पदार्थों' का इस्तेमाल कर कृषि अन्नदाता को नुकसान पहुंचाना

केंद्र ने उस प्रावधान का अपने हित में इस्तेमाल किया, जो कहता है कि सूची-1 की प्रविष्टि/उपधारा 26 और 27 सूची III यानी समवर्ती सूची की उपधारा 33 के अधीन है। इस आधार पर केंद्र का दावा है कि वह इस पर कानून बना सकता है। इस प्रविष्टि/उपधारा में 'खाद्य पदार्थ' का जिक्र है। प्रविष्टि 33 के अनुसार निम्नलिखित चीजों का व्यापार, खरीद-फरोख्त, उत्पादन, आपूर्ति और वितरण किया जाएगा – (ए) उन उद्योगों का उत्पाद, जिनका नियंत्रण जनहित में संसद द्वारा कानून बनाकर केंद्र को सौंप दिया गया है। और ऐसे ही उत्पादों जैसे आयातित माल। (बी) खाद्य पदार्थ, जिनमें खाद्य तेल और तिलहन शामिल हैं। (सी) चारा जिनमें खली और अन्य ऐसी गाढ़ी चीजें शामिल हैं। (डी) कपास, बुना हुआ और बिना बुना हुआ तथा बिनौला (ई) कच्चा जूट।

खाद्य आपूर्ति में किसी भी तरह के असामान्य उछाल या गिरावट को संभालने के लिए केंद्र को 1950 में अस्थायी रूप से कृषि व्यापार और वाणिज्य पर क़ानून बनाने के अधिकार दिए गए थे। यह अनुच्छेद 369 के तहत मात्र पांच साल का अस्थायी प्रावधान था। 1954 में, केंद्र ने संविधान (तीसरा संशोधन) अधिनियम के माध्यम से इसे एक स्थायी प्रावधान में बदलने की कोशिश की थी। इसका उद्देश्य कुछ विषयों को सूची II से सूची III में स्थानांतरित करना था। हालाँकि, ऐसा होने से राज्यों के हाथ से निकल जाने वाली वस्तुओं पर क़ानून बनाए जाने से उन्हें अपनी विशेष शक्तियों

से वंचित होना पड़ता। कृषि और वाणिज्य संबंधी समवर्ती शक्तियां केंद्र को देने का अर्थ यह भी होगा कि केंद्र इस क्षेत्र की विधायी शक्तियों भी को पूरी तरह से अपने अधिकार में ले लेगा।

मुंबई के टाटा इंस्टीट्यूट ऑफ सोशल साइंसेज में पढ़ाने वाले प्रो. आर. रामकुमार ने हाल ही में 'द हिंदू' में लिखा था कि कैसे संसद सदस्यों ने 1954 के संशोधन का विरोध किया था और संयुक्त समिति की रिपोर्ट को लेकर अपना असंतोष दर्ज़ किया था। उन्होंने कहा था कि अनुच्छेद 369 को समवर्ती सूची में रखना राज्य की स्वायत्तता को और राज्य की शक्तियों और अधिकारों को 'भ्रमपूर्ण' बनाना, उन्हें 'पीसना' या 'चकनाचूर करना' होगा। फिर भी, केंद्र सरकार ने असंतोष को अनदेखा करते हुए संशोधन को पारित कर दिया था। अब दूसरी आशंका यह थी कि केंद्र, राज्य विधायिका के विषयों पर पूर्ण रूप से नियंत्रण कर लेगा, जो अब मोदी निज़ाम के तहत सच होता नज़र आ रहा है।

सर्वोच्च न्यायालय के निर्णय

सर्वोच्च न्यायालय ने एपीएमसी अधिनियम के संबंध में विशेष रूप से राज्य के विषयों पर केंद्र सरकार द्वारा पारित क़ानूनों के मुद्दे की गहन जांच की है। 1971 में केंद्र ने तंबाकू उद्योग को विनियमित करने के लिए तंबाकू बोर्ड अधिनियम पारित किया था और इस प्रकार राज्यों को उनकी शक्ति से वंचित कर दिया था। बिहार अधिनियम ने तंबाकू को एक कृषि उपज के रूप में सूचीबद्ध किया था और इसका बाजार मूल्य 35,87,072 रुपये लगाया गया, जिसे आईटीसी लिमिटेड ने चुनौती दी थी। इसी तरह की चुनौतियां कई अन्य राज्यों से भी मिली। आईटीसी बनाम एपीएमसी, 2002 केस में सीजेआई जीबी पटनायक, वाईके सभरवाल, रूमा पाल, बृजेश कुमार की संविधान पीठ ने कहा कि राज्य विधानसभाएं 'लेवी और बाजार में तंबाकू की बिक्री पर शुल्क वसूलने के लिए बाजार के क्षेत्र में क़ानून बनाने के लिए पूरी तरह से सक्षम और स्वतंत्र हैं।' इसलिए, राज्यों द्वारा जारी बाजार अधिनियमों को वैध माना गया। अदालत ने कहा कि राज्य के कानून और तंबाकू बोर्ड कानून, 1975, का बाजार में तंबाकू की बिक्री के मामलों में साथ रहने का कोई अर्थ नहीं है और बोर्ड के कानून पर

राज्य के कानून प्रभावी होंगे। तंबाकू बोर्ड अधिनियम, 1971 को दायरे को लांघने की कोशिश के रूप में देखा गया।

सर्वोच्च न्यायालय की पूर्ण पीठ ने स्पष्ट किया कि वैसे तो इन सूचियों को एक-दूसरे से एकदम अलग-थलग और दूर नहीं रखा जा सकता फिर भी 'सूची II में विषय से संबंधित प्रमुख प्रविष्टि 24 के अलावा अन्य विषयों को व्यावहारिक रूप से सूची II से गायब नहीं किया जा सकता और ऐसा भी नहीं माना जाता सकता है कि वे समग्रता में सूची II के विषयों को और मजबूत करने की आड़ में सूची I में चले गए हैं, जिसकी प्रविष्टि 52 के तहत तंबाकू को एक उद्योग घोषित किया गया है'।

इसलिए, सूची III की प्रविष्टि 33 में 'खाद्य पदार्थों' की अभिव्यक्ति भी 'कृषि उपज' को शामिल नहीं कर सकती है। सीधे शब्दों में कहें, तो केंद्र का कृषि उपज को 'खाद्य पदार्थों' के रूप में विनियमित करना राज्यों की विधायी शक्तियों के साथ विरोधाभास और टकराव का रास्ता तैयार करेगा, जिसे वे सूची II की 14, 18 और 28 उपधारा से हासिल करते हैं। इसके अलावा, भले ही केंद्र के पास 'खाद्य पदार्थों' पर क़ानून बनाने की शक्ति है, फिर भी इस विषय पर राज्य के क़ानून अधिक प्रबल होंगे, न कि केंद्रीय क़ानून। ऐसा इसलिए है क्योंकि राज्य भी समवर्ती सूची में मौजूद वस्तुओं पर क़ानून बना सकते हैं। उन्हें अनुछेद़ 254 (2) के तहत यह अधिकार हासिल है।

सर्वोच्च न्यायालय ने होचेस्ट फार्मा लिमिटेड बनाम बिहार राज्य में कहा है कि राज्य के कानून पर राष्ट्रपति की स्वीकृति मिलने के बाद वही कानून उस राज्य में प्रभावी होगा, भले ही वह संघ द्वारा समवर्ती सूची पर बनाए गए पहले के किसी कानून के खिलाफ जाता हो। राज्य का कानून केंद्र के कानून के ऊपर प्रभावी होगा।

कल्याणकारी हुकूमत को बाज़ार की हुकूमत में बदलना

संवैधानिक दोषों के अलावा नए कृषि-क़ानून किसानों का कल्याण सुनिश्चित करने के बजाय केंद्र की कल्याणकारी नीतियों का त्याग करने की मंशा को दर्शाते हैं। अनुच्छेद 37 कहता है कि 'यह हुकूमत का कर्तव्य होगा कि वह ऐसी नीतियां अपनाए जो विधायी कार्यों के तहत प्रशासन के मूलभूत दायित्वों को पूरा करती हों। 'अनुच्छेद

38 (2) के अनुसार 'सरकार आय में असमानता को दूर करने की कोशिश करेगी। वह ओहदे, सुविधाओं और अवसरों की असमानता को भी दूर करने के प्रयत्न करेगी, न सिर्फ व्यक्तियों के लिए बल्कि समूहों के लिए भी, जिनमें छोटे और सीमांत किसान भी शामिल हैं। ये किसान संपन्न कॉरपोरेट कृषि कंपनियों के सामने अपनी कमजोर स्थिति के कारण दबे हुए और असहाय होते हैं और उनसे बराबरी के स्तर पर कोई समझौता नहीं कर पाते।'

आज केंद्र सरकार कह रही है कि इसका मक़सद 'एक राष्ट्र, एक बाजार' बनाना है और उसके नए क़ानून इसे सुनिश्चित करेंगे। सचाई है कि ये कानून किसानों के देश को बड़े व्यापारिक घरानों के हाथों में सौंप रहे हैं ताकि देश को एक बाजार में बदला जा सके।

तारिक अनवर

भ्रमित कौन है, बखूबी समझते हैं किसान

30 नवंबर को अपने लोकसभा क्षेत्र वाराणसी में प्रधानमंत्री नरेंद्र मोदी ने आरोप लगाते हुए कहा, 'विपक्ष ऐतिहासिक कृषि सुधार क़ानूनों का विरोध करने के लिए चालाकियां कर रहा है और किसानों को भ्रमित कर रहा है।'

भारतीय जनता पार्टी के महासचिव तरुण चुघ ने 12 दिसंबर को कहा कि 'भ्रामक और छुपे हुए विमर्श' के चलते किसान आंदोलन हो रहा है।

क्या प्रदर्शन कर रहे किसानों को भ्रमित किया गया है? क्या उन्होंने तीनों क़ानूनों को पढ़ा है? क्या उन्हें गलत जानकारी है और वे क़ानूनों को अच्छे ढंग से नहीं समझते?

दिल्ली के सिंघु, टिकरी और गाजीपुर सीमा पर कुछ प्रदर्शनकारियों से बात करने पर पता चलता है कि भ्रमित शायद सरकार है।

हरियाणा की महर्षि दयानंद यूनिवर्सिटी से क़ानून की पढ़ाई कर रहे जसमिंदर ने सरकार के आरोपों के जवाब में तर्क रखे। उन्होंने कहा, 'यह पहली बार है जब सरकार इतनी बड़ी संख्या में आये लोगों को भ्रमित करने में नाकामयाब रही है। सरकार ने अपने हर गलत फ़ैसले, जिनमें नोटबंदी, जीएसटी, सीएए, प्रस्तावित एनआरसी शामिल हैं, पर लोगों को भ्रमित किया है, लेकिन इस बार वह बुरी तरह असफल हो रही है। इसलिए वह हमें गलत जानकारी वाला, कांग्रेसी या खालिस्तानी कह रही है।'

सरकार ने हाल में – 'फॉर्मर्स (एंपॉवरमेंट एंड प्रोटेक्शन) एग्रीमेंट ऑन प्राइस एश्योरेंस एंड फॉर्म सर्विस एक्ट, 2020', 'फॉर्मर्स प्रोड्यूस ट्रेड एंड कॉमर्स (प्रमोशन

एंड फेसिलिटेशन ऑर्डिनेंस), 2020' और 'इशेंसियल कमोडिटीज़ एक्ट, 2020' नाम के तीन कृषि क़ानून पारित किए हैं।

पहले क़ानून को कॉन्ट्रैक्ट फॉर्मिंग लॉ के नाम से भी जाना जाता है, यह किसान और एक खरीदार के बीच, किसी भी कृषि उत्पाद के उत्पादन या बोये जाने के पहले समझौते का एक राष्ट्रीय वैधानिक ढाँचा बनाता है।

वह पूछते हैं, 'सरकार इस क़ानून का बचाव यह कहते हुए कर रही है कि इससे किसान कृषि व्यापार कंपनियों, प्रसंस्करणकर्ताओं, थोक विक्रेताओं, निर्यातकों या बड़े खुदरा व्यापारियों से कृषि सेवाओं और आपस में तय किए गए मूल्य पर भविष्य की पैदावार को बेचने के लिए स्वतंत्र होंगे। कोई भी समझौता बराबरी के दर्जे वाले दो पक्षों के बीच होता है। लेकिन यहां एक छोटा किसान, एक बड़ी कॉरपोरेट कंपनी के साथ समझौता कर रहा होगा। हालांकि शर्तों और नियमों पर आपस में सहमति बनेगी। लेकिन फिर भी यह कॉरपोरेट के हितों वाली नीतियाँ होंगी। किसानों को यह तय करना होगा कि समझौते के मुताबिक, अच्छी गुणवत्ता वाली पैदावार वे कॉरपोरेट को अच्छे दामों पर बेच पाएं। यह कैसे संभव होगा? कोई कैसे फ़सल की गुणवत्ता को निश्चित कर सकता है जबकि यहां फ़सलें मौसम पर निर्भर करती हैं। दूसरी बात, कॉरपोरेट के पास समझौता तोड़ने के सभी अधिकार होंगे। लेकिन किसानों के पास नहीं। क्या यह असमानता नहीं है।'

पिछले साल पेप्सिको ने गुजरात के किसानों पर पेप्सिको द्वारा दर्ज आलू की किस्म को गैरक़ानूनी तरीके से उगाने और बेचने का आरोप लगाते हुए मुकदमा दर्ज करवा दिया था। जब राज्य सरकार ने हस्तक्षेप किया, तब कंपनी ने मुकदमा वापस लिया।

देश के कई हिस्सों में कॉन्ट्रैक्ट फॉर्मिंग होती रही है, लेकिन इसमें बहुत ज़्यादा सफलता हाथ नहीं लगी है। उदाहरण के लिए स्नैक्स कंपनियां अकसर किसानों के साथ आलू के पापड़ और कुरकुरे आलू के लिए समझौता करती रही हैं।

फिलहाल उन राज्यों में जहां कांट्रेक्ट फॉर्मिंग की इजाजत है, खरीदारों को खुद को APMC (एग्रीकल्चर प्रोड्यूस मार्केट कमेटी) में पंजीकृत करवाना होता है। दो पक्षों के बीच विवाद की स्थिति में APMC विवाद का निपटारा करने के लिए आगे आती हैं। खरीदार को APMC को बाज़ार शुल्क और कर देना होता है।

लेकिन नए क़ानून में इन कमेटियों को नकार दिया गया है और कृषि उत्पाद व्यापारिक कंपनियों को सीधे किसानों से व्यापार करने की छूट दे दी गई है। वह कहते हैं, 'एपीएमसी को बॉयपास कर सरकार ने बड़े औद्योगिक घरानों को खुली छूट दे दी है।'

वह बताते हैं, 'शुरुआत में निजी खिलाड़ी एमएसपी से ज़्यादा पैसे का प्रस्ताव रखेंगे। जियो सिम कार्ड के मामले में भी यही हुआ। इससे किसान एपीएमसी को अपने उत्पाद बेचने के लिए हतोत्साहित होंगे, जो धीरे-धीरे अप्रभावी हो जाएंगी। एक बार ऐसा होने के बाद निजी क्षेत्र के खिलाड़ी किसानों का शोषण शुरू कर देंगे, तब उनके पास अपना उत्पाद निजी कंपनियों द्वारा तय किए गए मूल्य पर बेचने के अलावा कोई चारा नहीं होगा।'

किसी भी तरह के विवाद की स्थिति में किसानों के पास कोई क़ानूनी सहारा नहीं होगा, क्योंकि वे निजी कंपनियों को कोर्ट में नहीं ले जा सकते हैं क्योंकि क़ानून के पास कंपनियों के खिलाफ़ कोई क़ानूनी प्रावधान नहीं होंगे। वह कहते हैं, 'वह मामले को सिर्फ सब-डिवीजनल मजिस्ट्रेट (एसडीएम) के पास, उसके बाद डीएम के पास ले जाया जा सकता है। दोनों ही अधिकारी सरकारी हैं, जो हमेशा कॉरपोरेट की सुनेंगे।'

जसमिंदर कहते हैं कि दूसरा विधेयक – फॉर्मर्स प्रोड्यूस ट्रेड एंड कॉमर्स (प्रमोशन एंड फेसिलिटेशन) एक्ट, 2020 – वह क़ानूनी ढांचा बनाता है, जिससे मौजूदा एपीएमसी को नजरअंदाज कर एक 'समानांतर बाज़ार' स्थापित किया जा सके। जसमिंदर के मुताबिक़, 'आप उतने बाज़ार बना दीजिए, जितना बना सकते हैं। हमें कोई समस्या नहीं है। हमारी मांग बिलकुल सीधी है: एमएसपी को क़ानून के दायरे में ले आइए, ताकि कृषि उत्पादों की खरीद सरकार के मूल्य पर हो सके। तो जो भी इसका उल्लंघन करेगा, उसे क़ानून के ज़रिए सजा दी जा सके।'

तीसरा क़ानून इसेन्शल कमोडिटीज़ एक्ट, 2020 है, जो द इसेन्शल कमोडिटीज़ एक्ट, 1955 के सेक्शन 3 के सब-सेक्शन (1A) में किया गया एक संशोधन है।

सरकार का दावा है कि संशोधन से आलू, खाद्य तेल, दाल, तेल के बीज जैसे कृषि उत्पादों का 'नियंत्रण' करने वाला तंत्र बनाया जा सकेगा। यह क़ानून बेहद विशेष परिस्थितियों में आपूर्ति को नियंत्रित करने का प्रावधान करता है, इन परिस्थितियों में कीमतों का बहुत ज़्यादा बढ़ जाना, प्राकृतिक आपदा, अकाल और युद्ध शामिल हैं।

बड़े स्तर की जरूरी वस्तुएं, जैसे अनाज, दाल, तेल के बीज, खाने वाला तेल, प्याज और आलू को जरूरी वस्तुओं की सूची से हटा दिया गया है।

दिलचस्प है कि सरकार ने कृषि उत्पादों के भंडारण पर लागू अधिकतम सीमा को भी हटा दिया है। जसमिंदर कहते हैं, 'ऐसा कर सरकार ने खरीदारों की जमाखोरी के रास्ते में आने वाली सारी बाधाएं दूर कर दी हैं। अब बड़ी कॉरपोरेट कंपनियां हर कटाई के मौसम के बाद बड़ी मात्रा में कृषि उत्पाद खरीद कर उनकी जमाखोरी करेंगी। इसके बाद वे उत्पाद की कृत्रिम मांग पैदा करेंगी, जिससे उनका भंडार ऊंची कीमत पर बेचा जा सके। इससे कालाबाजारी बढ़ेगी। हमसे कम कीमत पर कृषि उत्पादों का उपार्जन किया जाएगा और उसे बाज़ारों में बहुत ऊंची कीमतों पर बेचा जाएगा। यह क़ानून में बेहद साफ है।'

लेकिन ज़मा सीमा पर कोई भी कार्रवाई कीमतों में उछाल पर आधारित होगी। जरूरी वस्तुओं की संशोधित क़ानून में व्याख्या नहीं की गई है। क़ानून कहता है कि 'जरूरी वस्तुएं' मतलब वह वस्तुएं जिन्हें इस क़ानून की "सूची" में दिया गया है और केंद्र सरकार किसी भी वस्तु को इस सूची में जोड़ या घटा सकती है।

इसका मतलब हुआ कि अगर सरकार जनहित में ऐसा किए जाने की जरूरत से इत्तेफाक रखती है, तो केंद्र राज्य सरकारों से सुझाव लेकर उन्हें जरूरी वस्तुएं घोषित कर सकती है। इस सूची में फिलहाल 9 वस्तुएं – दवाइयां, कीटनाशक (चाहे जैविक, अजैविक या मिश्रित हों), खाद्य सामग्री, जिसमें खाद्य तेल शामिल है, पूरी तरह कपास से बना धागा, पेट्रोलियम और पेट्रो उत्पाद, कच्चा जूट और जूट के कपड़े, खाद्यान्न फ़सलों के बीज और फलों-सब्जियों के बीज, पशुओं के चारे बीज, जूट के बीज, कपास के बीज, मास्क और हैंड सेनेटाइज़र – शामिल हैं।

सबसे हाल में इस सूची में मास्क और हैंड सेनेटाइजर जोड़े गए हैं, जिन्हें 13 मार्च, 2020 से कोरोना महामारी की पृष्ठभूमि में जरूरी वस्तु घोषित कर दिया गया था।

क्या क़ानूनी विकल्पों को छीन लेने से किसानों को मदद मिलेगी?

चंडीगढ़ यूनिवर्सिटी में केमिस्ट्री डिपार्टमेंट में शोधार्थी प्रिया पूछती हैं, 'क्या सभी क़ानूनी विकल्पों को दूर कर देना किसानों के हित में है?' वह क़ानून का एक प्रावधान पढ़ती हैं, 'केंद्र सरकार या राज्य सरकार या केंद्र सरकार के किसी भी अधिकारी या

राज्य सरकार के किसी भी अधिकारी या किसी दूसरे व्यक्ति (इसे कॉरपोरेट पढ़ें) के खिलाफ़, अच्छे विश्वास के तहत या इस क़ानून के तहत अच्छी मंशा से किए गए किसी भी काम के लिए कोई भी मुकदमा, कोई भी सजा या कोई भी क़ानूनी प्रक्रिया नहीं चलाई जा सकती और किसी भी नागरिक कोर्ट को इस क़ानून से जुड़े मामले के संबंध में कोई भी मुकदमा या सुनवाई करने का क्षेत्राधिकार नहीं है।'

वह फिर से पूछती हैं कि 'क्या एक लोकतांत्रिक देश में इस तरीके के प्रबंध को बर्दाश्त किया जा सकता है।'

सरकार के इस तर्क पर कि अब किसानों के पास अपनी फ़सलों को, अपने मूल्यों पर कहीं भी बेचने का अधिकार होगा, वे कहती हैं, 'एपीएमसी को हटकार, बिहार सरकार ने 2006 में कथित बिचौलियों का एकाधिकार खत्म किया था। क्या वहां किसान अमीर हो गए? क्या आपने कभी सुना है कि कोई बिहार में ज़मीन खरीदना चाहता है या वहां किसानी करने के लिए जाना चाहता है? अगर खुले बाज़ार से किसानों को फायदा होता, तो बिहार के लोगों को पंजाब नहीं आना पड़ता, बल्कि इसका उल्टा होता।'

सरकार दावा करती है कि क़ानून से हमें 'आजादी मिलेगी और इन 'सुधारों' को मंडियों (APMC) को खत्म कर लाया जाएगा। लेकिन वैश्विक घटनाएं इसकी गवाही नहीं देतीं। अमेरिका में खुले बाज़ार के चलते कृषि में शोषण होता है। अगर ये विधेयक लागू रहे तो हमारी मंडियों का भी वही अंजाम होगा।

जब हमने बिचौलियों की बात की, तो वे कहती हैं, 'आढ़तियों को बाज़ार से हटाने से जवाबदेही खत्म हो जाएगी, क्योंकि तब सिर्फ किसान और बड़े कॉरपोरेट ही बचेंगे। इससे छोटे किसान हट जाएँगे और निजी खिलाड़ी अपना शासन चलाएँगे।' प्रिया का दावा है कि किसान, सरकार और उसके प्रवक्ताओं से बेहतर ढंग से तीनों कृषि क़ानूनों को समझते हैं। इसलिए सरकार उन्हें मूर्ख बनाना बंद करे।

कोई बिचौलिया नहीं, सिर्फ परिवार

पंजाब के फिरोजपुर में रहने वाले गुरकीरत सिंह संघा कहते हैं, 'मेरे दादा कहा करते थे कि तुम्हें अपने जीवन में दिन में तीन बार किसान की जरूरत पड़ेगी।'

वह कहते हैं कि वह आज जो भी कर पाए, वह उनके पिता की 14 एकड़ ज़मीन

की बदौलत कर पाए। जब गुरकीरत से हमने पूछा कि क्या उन्हें भ्रमित किया जा रहा है, तो उन्होंने पलटवार करते हुए कहा, 'हम जागरूक और शिक्षित हैं। हमें मूर्ख नहीं बनाया जा सकता, ना ही भ्रमित किया जा सकता है। हम इन तीनों विधेयकों के पीछे सरकार की मंशा जानते हैं और पहचानते हैं कि किन्हें इनसे फायदा होने वाला है।'

गुरकीरत आगे कहते हैं, 'सरकार कहती है कि आढ़तिए बड़ा कमीशन लेकर, गलत तौल कर, खराब गुणवत्ता विश्लेषण कर किसानों का शोषण करते हैं। लेकिन हमारे लिए वो हमारी रीढ़ की हड्डी हैं। वे हमारे परिवार के सदस्य जैसे हैं। किसान हर चीज के लिए उन पर निर्भर हैं। वे हमें किसानी, शादी, पारिवारिक संस्कार या परिवार में किसी की मृत्यु के वक़्त कर्ज़ देते हैं। वे हमें उधार पर पैसे देते हैं और हमारा माल भी वापस खरीद लेते हैं। पंजाब में एक कहावत है, अगर किसी किसान की माँ मर जाती है, तो यह किसान की मां नहीं, बल्कि एक आढ़तिए की मां की मौत होती है। अंतिम संस्कारों में होने वाला पूरा खर्च आढ़तिए करते हैं और खरीद के वक़्त वे इसका हिसाब करते हैं।'

पंजाब में राजपुरा के रहने वाले वकील दलजीत सिंह खानपुर आढ़तियों की भूमिका को विस्तार से बताते हुए कहते हैं, 'किसानों को बीज, फसल बुवाई, कीटनाशक, उर्वरक, सिंचाई और कटाई के लिए तुरंत पैसे की जरूरत होती है। एक फसल काटने के तुरंत बाद, दूसरी फ़सल का मौसम चालू हो जाता है, जिसमें उन्हें फिर पैसे की जरूरत होती है। जब वह उत्पाद बेचता है, तो उसे तुरंत पैसे नहीं मिलते। उसके बैंक खाते में पैसे आने में दो से तीन महीने लग जाते हैं। लेकिन उसे अपनी अगली फ़सल के लिए पैसे की जरूरत होती है। उस वक़्त वह पैसे मांगने के लिए आढ़तिए के पास जाता है। जब एपीएमसी से पैसे मिल जाते हैं, तो किसान आढ़तियों के पैसे वापस कर देता है। यह एक चेन है, जो चलती रहती है। इस तरह पूरा तंत्र काम करता है।'

जब हमने पूछा कि उन्हें नहीं लगता कि सरकार आढ़तियों पर इस निर्भरता को खत्म करना चाहती है। तो उन्होंने कहा, 'बैंकिंग की प्रक्रिया में वक़्त लगता है। उसमें जटिल कागज़ी काम होता है। किसानों को कर्ज के लिए अपनी कोई चीज गिरवी भी रखनी पड़ती है, तभी कर्ज को अनुमति मिलती है। लेकिन किसानों को तुरंत पैसे की जरूरत होती है। उन्हें आढ़तियों के यहां कुछ भी गिरवी रखने की जरूरत नहीं

होती और भुगतान भी आपसी समझ से हो जाता है। चूंकि आढ़तिया उसी समाज से आता है, तो वह भी किसान की स्थिति समझता है और भुगतान में देरी होने पर कोई अतिरिक्त पैसा नहीं लेता। जब किसान अपने कृषि उत्पाद के साथ मंडी पहुंच जाता है, तो यह आढ़तिये की ज़िम्मेदारी होती है कि वह उसका वज़न, पैकिंग करवाकर उत्पाद को एमएसपी पर बेचे। बदले में अगर वे कुछ सेवा शुल्क लेते हैं, तो इसमें दिक्कत क्या है? यहां तक कि बैंक भी कर्ज देने के क्रम में कागजी कार्रवाई करने के दौरान पैसे लेते हैं।'

जब सरकार भी छूट देने के लिए राजी नहीं दिखती और किसान भी हार मानने को तैयार नहीं हैं, तो उनके प्रदर्शन का भविष्य क्या है। इसके जवाब में उन्होंने कहा कि किसान दो लड़ाइयां जीत चुके हैं। उन्होंने कहा, 'पहला, जब सरकार ने हमें बातचीत के लिए बुलाया और दूसरा, जब सरकार ने अपना प्रस्ताव भेजा, जिसमें कुछ संशोधनों की बात थी। ध्यान रखिए कि यही सरकार शुरू में हमारे प्रदर्शन को देशविरोधी और दुनिया भर के लांछन लगाकर हमारी साख खराब करने की कोशिश कर रही थी। संशोधन का प्रस्ताव भेजकर सरकार ने यह माना है कि क़ानूनों में कुछ गड़बड़ है। और जब आप खुद यह मान रहे हो कि क़ानूनों में गड़बड़ है, तो आप हमसे यह उम्मीद क्यों करते हो कि हम कई गड़बड़ झाले वाले क़ानून को मान लेंगे। इसे खत्म करिए और किसानों से सुझाव लेकर एक मसौदा तैयार कीजिए, फिर इसे संसद के दोनों सदनों से पारित करवाइए। अगर यह किसानों के हित में होगा, तो आपको हमसे किसी तरह का विरोध नहीं झेलना पड़ेगा।'

रवि कौशल

‘मोदी जी, हमें बेवकूफ़ न बनाएं’

बलाबे खाट टेंट में घुसते हर व्यक्ति को कौतूहल से देखते हैं। यहाँ हर कोई मदद के लिए दौड़ा आ रहा है। आसपास के गाँव-देहात के लोग रज़ाई, कंबल और राशन के साथ राजस्थान के शाहजहाँपुर बॉर्डर पर जमे हज़ारों किसानों की मदद कर रहे हैं। किसानों की एकमात्र माँग है कि सरकार हाल ही में पारित किए गए तीन कृषि क़ानूनों और प्रस्तावित बिजली संशोधन बिल को वापस ले। किसान संगठनों का मानना है ये क़ानून पहले से ही क़र्ज़, सरकारी उदासीनता और संकट झेल रही किसान बिरादरी के लिए मौत के फ़रमान जैसे हैं।

गुजरात के मोडासा से आए खाट बताते है कि उनके जैसे सैकड़ों किसान राज्य सरकार के दमन को धता बताते हुए बॉर्डर तक पहुँचे हैं। गुजरात खेडूत संघर्ष समिति से जुड़े ये किसान बताते है कि राज्य पुलिस ने उन्हें किसान आंदोलन में शामिल होने पर गिरफ़्तारी की चेतावनी दी थी। बॉर्डर तक अपनी यात्रा को याद करते हुए खाट बताते है, ‘मैं और मेरे दोस्त शहर में एक होटल के पास इकट्ठा हुए। वहाँ हम सबने फ़ैसला लिया कि हम अपने फ़ोन बंद कर देंगे, इससे पुलिस को हमें ढूँढने में मुश्किल होगी। गुजरात बॉर्डर पर पहुँचने पर ही हम लोगों ने फ़ोन चालू किए। वहाँ से हम उदयपुर के लिए रवाना हुए। तीन दिनों की यात्रा के बाद हम अंततः यहाँ पहुँच पाए!’

गुजरात के अरवली जिले से आने वाले खाट बताते है कि राज्य के किसानों के लिए अब अपनी फसल की लागत निकालना ही मुश्किल हो चला है। अपनी मक्के की फसल के बारे में बात करते हुए वे कहते है, ‘मक्के को उगाने के लिए हमें ज़मीन की जुताई करनी पड़ती है। इस काम के लिए ट्रैक्टर का मालिक हमसे प्रति एकड़ 4,000

रुपये लेता है। धरती की उर्वरा को बढ़ाने के लिए हम ज़मीन पर गोबर के खाद को फैला देते हैं। यह खाद हमें 3,500 रुपये की पड़ती है। कुछ दिनों तक ख़ाली छोड़ने के बाद हम बीज और रासायनिक उर्वरक और बीज छिड़क देते है। खाद और बीजों पर हमें अतिरिक्त 2,800 रुपये खर्च करने पड़ते है।' आगे की प्रक्रिया के बारे में बात करते हुए खाट कहते है कि फसल के बोने से लेकर पकने तक छह बार पानी दिया जाता है जिसका खर्च तक़रीबन 4,200 रुपये पड़ता है। यूरिया डालने के बाद हम फसल पकने का बेसब्री से इंतज़ार करते है। अगर मैं सारे खर्च की बात करूँ तो मैं प्रति एकड़ अपनी फसल पर 22,000 खर्च करता हूँ वहीं एक एकड़ में मुझे मात्र 20 क्विंटल की फसल ही हाथ लगी। जब मैं फसल लेकर बाज़ार गया तो कोई भी व्यापारी मुझे 1,250 प्रति क्विंटल की दर से ज़्यादा देने के तैयार नहीं था। अंततः मुझे अपनी फसल 25,000 रुपये में बेचनी पड़ी। कमर तोड़ मेहनत के बाद भी मेरे हाथ क्या लगा?'

इस दयनीय परिस्थिति में जहाँ किसान परिवार मनरेगा जैसे सरकारी कार्यक्रमों में काम करने को मजबूर है, वहीं युवाओं ने अब शहरों का रूख कर लिया है। खाट के बग़ल में लेटे दिनेश परमार बताते लगते है कि 'शहर भी उनके लिए शोषण का दूसरा पर्याय बन गए है। एक लम्बी साँस के साथ परमार कहते है, 'मोदीजी अब हमसे भी आठ के बजाय बारह घंटे काम कराना चाहते है।' परमार हाल ही में हुए श्रम क़ानूनों में बदलाव की ओर इशारा कर रहे थे।

साबरकाँठा जिले से आए परमार मानते है कि सरकारों ने अपने उपक्रमों को जानबूझकर कमजोर किया ताकि निजी व्यापारियों को फ़ायदा मिल सके। वे कहते है, 'मेरे घर के पास अभी हाल ही में एक नया जिला अस्पताल खोला गया है। अस्पताल की बिल्डिंग अच्छी है लेकिन जब आप इलाज कराने के लिए वहाँ जाते है तो पता चलता है कि वहाँ एकमात्र फ़िज़िशियन है जो अक्सर मीटिंग में व्यस्त रहते हैं। ऐसी परिस्थिति में मरीज़ों का इलाज कौन करेगा ? अब इलाक़े में प्राइवेट क्लिनिक कुकरमत्ते की तरह खुल गए हैं। यही स्थिति सरकारी अनाज मंडियों की भी हो जाएगी। लोगों ने अब तक सब्र बांध रखा था लेकिन अब उनका धैर्य जवाब दे गया है। किसानों का विरोध अब जन आंदोलन के रूप में बदल गया है। अब हम अपने घरों को वापस तभी जाएँगे जब तक ये काले क़ानून वापस नहीं हो जाते।'

गुजरात किसान सभा के अध्यक्ष दया भाई गजेरा बताते है कि राज्य के किसान प्रमुख तौर पर मूँगफली, कपास, बाजरा, मक्का और गेहूं की खेती करते है। वे ज़ोर देकर कहते है कि सरकारी ख़रीद व्यवस्था न सिर्फ़ अपर्याप्त है बल्कि निजी व्यापारियों और मुनाफ़ाख़ोरी को बढ़ावा दे रही है। इस साल राज्य भर के किसानों ने लगभग 32 लाख टन मूँगफली का उत्पादन किया लेकिन सरकार ने मात्र 8 लाख टन मूँगफली की ही ख़रीद की। इसका साफ़ मतलब यह है कि सरकार सिर्फ़ 25 प्रतिशत उत्पादन ही ख़रीद सकी। बाक़ी सारी फसल निजी व्यापारियों ने औने-पौने दामों पर ख़रीदी।

ख़रीद के बारे में बात करते हुए वे कहते है, 'ख़रीद के मानक काफ़ी मनमाने ढंग से बनाए गए है। मंडी में क्वालिटी चेक करने वाले ये देखते है कि दो सौ ग्राम मूँगफली में 135 ग्राम दाने हैं या नहीं। अगर मूँगफली में कम दाने निकले तो वो फसल ख़रीदने से साफ़ मना कर देते हैं! ऐसी स्थिति में किसान को अपनी फसल निजी व्यापारियों को कम दाम पर बेचनी पड़ती है। मनमानी का आलम यह है कि सरकार ने 2019-20 के दौरान महामारी का बहाना बनाते हुए गेहूं का एक दाना तक नहीं ख़रीदा। इस रवैये से पता चल जाता है कि सरकार किसानों के प्रति कितनी उदार है!' अपनी खेती के अनुभव को साझा करते हुए गजेरा कहते है, 'मैंने इस बार मूँगफली लगाई थी और मुझे एक एकड़ में 10 क्विंटल की फसल हुई। जहां मेरा एक एकड़ पर खर्च 20,000 रुपये है वहीं मुझे 35,000 की कमाई हुई। अगर मैं मुनाफ़े को पांच महीने में बाँट दूँ तो मैंने हर महीने तीन हज़ार की कमाई की। क्या इस आय के साथ मैं अपने परिवार का पालन कर सकता हूँ।'

अपनी बात को आगे बढ़ाते हुए गजेरा कहते है, 'दिल्ली में बैठे हुए लोग आज मोदी और अड़ानी के बारे में चर्चा कर रहे है। हमें इनके बारे में अच्छे से पता है। मोदी जी कच्छ की क़ीमती ज़मीन को अडानी को मात्र एक रुपये प्रति मीटर के हिसाब से अपने स्पेशल इकॉनोमिक ज़ोन को विकसित करने के लिए पहले ही दे चुके है।'

सरकार के दोहरे रवैये के बारे में गजेरा मुखर होते हुए कहते है, 'प्रधानमंत्री जी राज्यों में जाकर प्रधानमंत्री फसल बीमा योजना पर लम्बी चौड़ी बातें करते है लेकिन किसी को यह नहीं बताते कि उनके गृह राज्य ने यह योजना त्याग दी है और इस साल (2020-21) में इस योजना को लागू करने से साफ़ मना कर दिया है।'

कृषि मंत्री नरेंद्र सिंह तोमर को किसानों को महँगी फसलों की ओर लौटने की

सलाह पर गजेरा फट पड़ते है। वे कहते है, 'किस किसान ने उनकी बहुमूल्य सलाह माँगी? क्या उन्होंने किसानों से उनके अनुभव पर बात की है? हम अपनी मेहनत से उपजाई हुई गोभी, आलू और मिर्च सड़कों पर फेंकते आए है। उनके लिए अच्छा यही है कि वो अपना मुँह बंद रखे और किसानों की माँगे माने!'

नाज़मा खान

सिंघु बॉर्डर : सत्याग्रह की नई इबारत

'बेटा जी, तेरे जिन्नी मेरी पोती है, जो अगला महीना लगेगा दिसंबर दा, उसदा ब्याह धरा है। मैंनू कहती, दादा जी ब्याह ते आओगे ना? मैं कहया, बेटा मेरी आस ना रखियो . . .' ये कहते-कहते उस बुज़ुर्ग के अल्फ़ाज़ भारी हो गए और रुंधे गले ने भी जैसे आगे कुछ बोलने की इजाज़त नहीं दी। पिछले कई दिन से दिल्ली की दहलीज पर बैठे दादा जी को ना तारीख़ का पता था ना दिसंबर महीने के शुरू होने का एहसास। जिस अगले महीने की वो बात कर रहे थे उसे चढ़े पांच दिन से ज़्यादा हो गए थे।

ऐसा महसूस हो रहा था कि सिंघु बॉर्डर की रहगुज़र पर किसान आंदोलन के वो किरदार मेरी नज़रों से गुज़र रहे थे, जिन पर आगे चलकर बहुत कुछ लिखा जाएगा। हर जत्था एक इबारत लिख रहा था, जगह-जगह बैठी बुज़ुर्गों की टोली हौसले की स्याही से आंदोलन की कहानी लिख रही थी। अजीब लोग थे, अजीब बातें कर रहे थे, मैं हैरान थी हर आंदोलनकारी 'वन लाइनर' पर 'वन लाइनर' दे रहा था। किसी की बात में गहराई थी तो कोई आंदोलन की बात शुरू करके मुझे अंग्रेजों और मुग़लिया सल्तनत के ज़ुल्म के दौरान डटकर मुक़ाबला करने वाली सिख क़ौम का इतिहास समझा रहा था। किसानी करने वाले इन बुज़ुर्गों ने भले ही कोई जमात (स्कूल की क्लास) ना पढ़ी हो लेकिन एमएसपी से लेकर एपीएमसी का गणित मुझे उन एंकर्स की डिबेट से कहीं ज्यादा अच्छी तरह समझा दिया जिनके ग्रैफ़िक्स, क्रोमा और बहस में किसान आंदोलन कुछ और ही दिख रहा है।

ये किसान अपने साथ वो पराली भी लाए थे जिसके जलाने से दिल्ली का एयर क्वालिटी इंडेक्स 'कांपने' लगता है, लेकिन इस बार उन्होंने पराली को दिल्ली की

सीमा पर बिछाकर अपना आसन जमा लिया है। हर जत्था भले ही सरकार के उस कृषि क़ानून के खिलाफ़ था जिसे वो 'काला क़ानून' कह रहे थे लेकिन इसके अलावा आंदोलन के साथ जुड़ने की हर किसी की अपनी कहानियां थीं।

'मेरे नाना और मामा ने अंग्रेज़ों के साथ जंग लड़ी थी, जेल गए थे, मेरे मामा आज़ादी की लड़ाई में शहीद हो गए थे, मैंने अपनी मां से सब सुना है, मेरी रगों में भी वही ख़ून दौड़ता है, हम संघर्ष करेंगे, लड़ेंगे मरेंगे लेकिन पीछे नहीं हटेंगे', ये कहते-कहते बुज़ुर्ग परमजीत जी की आंखों की चमक बढ़ गई, ज़िन्दगी के आख़िरी पड़ाव पर खड़े मोगा पंजाब से आए इस बुज़ुर्ग के चेहरे पर एक नूर था जो बयां कर रहा था इस आंदोलन में जीत मिले या ना मिले लेकिन उनकी कोशिश में कोई कमी नहीं है।

तमाम परेशानियों के बावजूद किसी के चेहरे पर कोई शिकन नहीं थी। दिसंबर की सर्द रातों में ट्रॉली में पिछले 10 दिनों से रह रहे इन बुज़ुर्ग, बच्चों और औरतों के उत्साह में कोई कमी नहीं थी। मैंने पूछा, इतनी परेशानी के बावजूद आप लोगों में ये उत्साह कैसे बना हुआ है? तो जवाब था कि ये हमारे गुरुओं की देन है। मैंने पूछा आप लोग इस कृषि क़ानून को काला क़ानून क्यों कह रहे हैं? तो उन्होंने कहा कि 'ये क़ानून हमसे हमारी ज़िन्दगियां छीनने जैसा है।' आगे उन्होंने यह भी साफ़ किया कि इस आंदोलन में सिर्फ़ किसान ही नहीं बल्कि हर वो शख़्स आया है जो खेत से जुड़ी उस चेन का हिस्सा है जो एग्रीक्लचर इंडस्ट्री से किसी न किसी तरह से जुड़ा है। फिर वो खेत में काम करने वाला मज़दूर हो या फिर मंडी में काम करने वाला या आढ़ती।

अमृतसर से आई एक ट्रॉली में सवार कुछ औरतों से मेरी बात हुई। मैंने पूछा इस तरह से रहना कितना मुश्किल है तो मुस्कुराते हुए सबने एक साथ कहा, 'जी, ऐसा नहीं है। हमने इस ट्रॉली का नाम 'लग्ज़री रूम' रखा है।' वो आगे कहती हैं कि 'हम सिख-जट परिवार की हैं और ये तक़लीफ़ उस तक़लीफ़ के सामने कुछ नहीं जो इस क़ानून के लागू होने पर आने वाली है'। कोई किसान की बेटी, तो कोई रिटायर्ड फौजी की, ये सब इस आंदोलन में उसी तैयारी के साथ आई थीं जैसे सीमा पर एक फौजी पूरी तैयारी के साथ जाता है। बुलंद हौसले वाली ये महिलाएं एक बात जो बार-बार दोहरा रही थीं वो ये कि आंदोलन शांतिपूर्वक चलेगा लेकिन अगर हमारी नहीं मानी गई तो ये आंदोलन सरकार के लिए तख़्तापलट आंदोलन साबित होगा। हालांकि उन्हें ये क़ानून सरकार के लिए गले में फंसी हड्डी की तरह लग रहा है। उन्होंने कहा कि 'सरकार को,

ना हम करने नहीं देंगे और हां वो कर नहीं पा रही इसलिए मामला लंबा खिंच रहा है।' बात ख़त्म होते-होते एक महिला ने मुस्कुराते हुए कहा, 'इत्थे इतिहास सिरजा जाऊगा (यहां इतिहास बनेगा) और हम इसके गवाह होंगे।'

ये बातें मुझे इतिहास की किताब के चंपारण सत्याग्रह से संबंधित अध्याय पर ले गई, जिसे पढ़कर हमने जाना था कि कैसे गांधी जी ने किसानों की आवाज़ बनकर अपना पहला सत्याग्रह किया था। लगता है इतिहास ख़ुद को दोहराने के लिए बेताब है। आज एक बार फिर किसान साबरमती के उसी संत की दी तकनीक को दिल्ली की सरहद पर आज़माते नज़र आ रहे हैं। लेकिन शायद सरकार भी अंग्रेज़ी हुक़ूमत जैसा रवैया अपना रही है। यह बात मुझे पंजाब यूनिवर्सिटी की तीन छात्राओं से बात करके समझ में आई।

चहकती हुई इन तीन छात्राओं में से जसप्रीत जस्सू ने कहा, 'ये सरकार बौखला गई है, सरकार का काम सड़कें बनवाना है लेकिन ये कैसी सरकार है जो हमें रोकने के लिए सड़क खुदवा रही है?' वह कहती हैं कि लॉकडाउन का सहारा लेकर सरकार ने ये 'काला क़ानून' पास किया। क्या उस वक़्त कोरोना से लड़ने के लिए अस्पतालों के बारे में नहीं सोचना चाहिए था? क्या उस वक़्त देश के बेरोज़गारों की परेशानी को हल करने के लिए किसी प्लान पर काम करने के बजाय अंदरखाने इस बिल को पास करवाना ही देश की सबसे बड़ी ज़रूरत थी? आंदोलन से जुड़ी इन छात्राओं ने बहुत ही साफ़गोई से कहा कि हम यहां अपनी फ़ीस के लिए बैठे हैं, हमारे पापा किसान हैं और हमारी इनकम किसानी से ही होती है और अगर वही रुक गई तो हमारी फ़ीस के लिए पैसे कहां से आएंगे? इसलिए हमारा इस आंदोलन के साथ जुड़ना बहुत ज़रूरी है।

'करो या मरो' के मूड में इन छात्राओं ने दो टूक बात कह दी – 'या तो हमारी मांगे मानी जाएंगी या फिर यहां जलियांवाला बाग़ दोहराया जाएगा।' ऐसा लग रहा था कि ये लोग क़ुर्बानी के उस ज़ज्बे को पीकर आई थीं जो इन्होंने बचपन से गुरुवाणी से सीखी है। फिर तीनों एक सुर में ऊंची आवाज़ में कहती हैं, 'सूरा सो पहचानिए, जो लडे दीन के हेत, पुरजा पुरजा कट मरै कबहूं ना छाड़े खेत।' ये तीनों सच में तारीख़ में अपना नाम दर्ज करवाने की ठान कर आई थीं। जैसे ही मैं इनके पास से उठने लगी एक ने कहा, 'मैडम जी, दो ही लोगों का इतिहास लिखा जाता है एक गद्दारों का और

दूसरा इंसाफ पसंद लोगों का।' यक़ीनन ये बात आंदोलन के साथ जुड़ा क़रीब-क़रीब हर बंदा सोच रहा था।

फतेहगढ़ साहब से आए 70 साल के बुज़ुर्ग कुलवंत भी कुछ ऐसा ही सोचते हैं। वह कहते हैं कि 'मुझे कितना जीना है अगर मैं घर पर मरा तो मेरा क्या मोल लेकिन अगर में आंदोलन में अपना बलिदान करता हूं तो मुझे याद रखा जाएगा, बिल्कुल वैसे ही जैसे आज़ादी के दौरान हमारे पूर्वजों के बलिदान को याद किया जाता है।' वह आगे कहते हैं कि 'इस ज़िन्दगी का क्या मोल है?'

सूरज डूब रहा था और ढलती शाम में बुज़ुर्गों की मुस्कुराहट ने मुझे उनसे बात करने की एक बार फिर दावत दी। मेरे पास वक़्त की कमी थी लेकिन उनमें मुझे बहुत कुछ बताने, समझाने और अपनी बात लोगों तक पहुंचाने की गहरी ललक थी। वे चाहते थे कि लोग इस बात को समझें कि इस क़ानून से सिर्फ़ किसानों का नुक़सान नहीं होगा बल्कि इसकी मार आम आदमी पर भी पड़ने वाली है।

बेहद बुज़ुर्ग ये किसान कहते हैं कि जिसने खेत में बीज नहीं बोया वो कैसे उसका मोल लगा सकता है? मेरे चारों तरफ़ बैठे ये बुज़ुर्ग बहुत ही तरीक़े से मुझे इन क़ानून की पेचीदगी को समझा रहे थे और सबसे ख़ास बात थी कि ये अपनी बात को दूसरे किसान को ऐसे हैंडओवर कर रहे थे जैसे किसानों के मुद्दे का कोई सिरा छूट ना जाए, छोटी-छोटी बातों की एक लंबी चर्चा बुनी गई जिसमें मुझे समझाया गया कि ये क़ानून किसानों के लिए फांसी का फंदा हैं, इनसे उनकी ज़मीन हड़प ली जाएगी और किसान कॉरपोरेट घरानों का मुलाज़िम बन जाएगा।

वे कहने लगे, जैसे मुग़लों के हाथ से देश ईस्ट इंडिया कंपनी के पास चला गया था, वैसे ही एक बार फिर सरकार देश को बड़े बिज़नेस घरानों को सौंप देगी। कुरूक्षेत्र हरियाणा से आए भारतीय किसान यूनियन के प्रदेश सचिव मेनपाल जी ने कहा कि सरकार ने लॉकडाउन का फायदा उठाकर इस क़ानून को पास करवाया लेकिन आज का किसान इतना भी भोला नहीं है कि वह अपना अच्छा-बुरा ना पहचानता हो, इसलिए आज हम यहां आंदोलन के लिए बैठे हैं। तभी तरनतारण से आए बुज़ुर्ग कुलवंत जी ने कहा, 'किसानी एक बंदगी है और ये वही जानता है जो इसे करता है।' बात किसानी और बंदगी की छिड़ी तो ज़िक्र बुल्ले शाह और उनके अराइन (किसानी

करने वाले) गुरु शाह इनायत का भी हुआ और उन्होंने वह शेर सुनाया जो ख़ुदा की तलाश में निकले बुल्ले शाह को उनके गुरु शाह इनायत ने सुनाया था,' बुलेया, रब दा की पौणा, एधरों पुटणा ते ओधर लाउणा।' (मतलब रब को पाना वैसा ही है जैसे पौधे को यहां से उखाड़कर वहां लगा देना।) और अपनी बात ख़त्म करते-करते उन्होंने कृषि क़ानून के नुक़सान को लेकर टिप्पणी की, 'डूबगी नैया तो डूबेंगे सारे।' माहौल बदला तो हरियाणा के किसान मेनपाल जी ने कहा कि सरकार अगर बात मान ले तो बढ़िया वर्ना इस बार इंडिया गेट की परेड में किसान भी परेड करते नज़र आएंगे।

शाहजहाँपुर बॉर्डर पर एक वक्ता को सुनते प्रदर्शनकारी / रौनक छाबड़ा

सिंघु पर मौजूद किसान/ नाज़मा खान

सिंघु पर स्थित एक टेंट में लगे पोस्टर / तारिक अनवर

'अगर जरुरत पड़ी तो सुनवाई के लिए महीनों तक यहाँ डटे रहेंगे'
टिकरी बॉर्डर पर महिला किसान / सोनाली

रौनक छाबड़ा, मुकुंद झा

शाहजहाँपुर बॉर्डर पर एक लंबे संघर्ष की बुलंद आवाज़

शुभिता नेहरा दिन रात काम करती हैं जिसमें मवेशियों को चारा देना, दूध का काम, उपले बनाना और खेतों में काम करना शामिल है। वे भी राजस्थान-हरियाणा अंतर्राज्यीय सीमा के पास उन हज़ारों किसानों के साथ मौजूद थीं, जहाँ विवादास्पद कृषि कानूनों को लेकर 12 दिसंबर से विरोध चल रहा है। यह प्रदर्शन नई दिल्ली से जयपुर को जोड़ने वाले राष्ट्रीय राजमार्ग पर जारी है जो दो औद्योगिक शहर नीमराना और बावल के पास है। दोनों क्रमशः राजस्थान और हरियाणा में हैं और प्रदर्शन स्थल से लगभग 10-12 किलोमीटर की दूरी पर हैं। यहां मजबूती से डटे हुए मोर्चे में अधिकतर दक्षिण हरियाणा, राजस्थान और महाराष्ट्र से बड़ी संख्या में आए किसान शामिल हैं, हालाँकि यूपी, गुजरात और मध्य प्रदेश के किसानों की भी मौजूदगी दिखाई देती है।

शुभिता ने बताया, 'मैं लगभग 5 बजे उठती हूँ और रात 11 बजे से पहले कभी नहीं सोती। इन सभी काम के बीच, मैं अपने परिवार की देखभाल भी करती हूँ।' 'परिवार' से उनका मतलब उनके पति, ससुराल वाले और एक 'छोटी' बेटी से था। शुभिता राजस्थान के सीकर जिले के प्रतापपुरा गाँव से आई हैं और उनका परिवार लगभग 30 बीघा जमीन का मालिक है। 21 दिसंबर को 34 वर्षीय शुभिता, जो ऑल इंडिया डेमोक्रेटिक वुमन एसोसिएशन (एडवा) की सदस्य भी हैं, ने इस आंदोलन के

कारण अपने 18 घंटे की कठिन दिनचर्या से 'ब्रेक' लिया है। वे अपने (कॉमरेड) साथियों के साथ विरोध प्रदर्शन में भाग लेने के लिए यहाँ आई थीं।

कुछ दिनों पहले शुभिता द्वारा लाई गई हरे रंग की दरी पर रावल अखम बैठे हुए थे। वे वहाँ दिए जा रहे सभी भाषणों को ध्यान से सुन रहे थे। रावल गुजरात के दाहोद में तीन एकड़ ज़मीन के मालिक हैं, जो कि जंगल से घिरा हुआ है और यह इलाका मुख्य तौर पर अनुसूचित जनजातियों का इलाक़ा है। रावल यहाँ किसानो के पैदल मार्च को हरियाणा पुलिस द्वारा रोके जाने के दो दिन बाद ही पहुँच गए थे। उन्होंने बताया, 'गुजरात में पुलिस किसानों को आंदोलन में शामिल नहीं होने दे रही है, फिर भी हम छिपते-छिपाते यहाँ आने में कामयाब रहे।' रावल ने बताया कि उनके गाँव में उन्हें 'बूरा भाई' कहते हैं।

यहाँ रावल अकेले नहीं थे, बल्कि पंजाब के संगरूर की 52 वर्षीय आंगनवाड़ी कार्यकर्ता सुखवंत कौर भी थीं। सुखवंत भी कई तमाम बाधाओं को पार करते हुए यहाँ पहुँचीं। उनके रास्ते को पुलिस ने पीले बैरिकेड्स और बुलडोज़र द्वारा रोकने की कोशिश की थी।

सितंबर 2020 में केंद्र सरकार द्वारा बिना किसी चर्चा के पास किए गए क़ानूनों के खिलाफ देश के किसान संगठन लगातार विरोध प्रदर्शन में जुट गए। हालांकि सरकार का दावा था कि ये तीनों कानून किसान-हितैषी हैं और इससे उनका भला होगा। आंदोलनकारी किसानों का कहना है कि यह क़ानून किसान के लिए तो मौत का फ़रमान है और देश के लिए भी ख़तरनाक है।इस हाड़ कंपा देने वाली सर्दी में किसान सड़क पर बैठे हैं। शाहजहाँपुर बॉर्डर पर किसानों ने राष्ट्रीय राजमार्ग 8 को एक तरफ से बंद कर दिया है। इस कारण वहाँ की सड़कों पर शांति और फिजा में एक चुप्पी है, जिसे केवल किसान अपने गगनभेदी नारों से तोड़ते हैं। वहाँ दिन भर जन सभाएँ की जा रही हैं।

इस आंदोलन में अब समाज के कई अन्य तबके जैसे स्कीम वर्कर्स, शिक्षक, महिलाएं, खेत मज़दुर, निर्माण-मज़दूर आदि शामिल हैं। हालांकि उन सबकी अपनी-अपनी समस्याएं हैं, लेकिन यहाँ सभी तरह के अंतर्विरोधों को दरकिनार कर आंदोलनकारी एकजुट होकर संघर्षरत हैं। सबकी मांग एक है; कृषि से संबंधित काले क़ानूनों को वापस लिया जाए

मजबूत स्तंभ के रूप में महिलाएं

इस किसान आंदोलन के एक बेहद मज़बूत स्तंभ के रूप में महिलाएँ दिख रही हैं। गौरतलब है कि महिला किसानों की समस्याएं पुरुष किसानों से अलग हैं फिर भी वे इस आंदोलन का हिस्सा हैं।

महिला किसान शुभिता ने सरकार समर्थकों की इस आपत्ति का कि आंदोलनकारी वास्तविक किसान नहीं हैं, कड़ा प्रतिवाद करते हुए कहा, 'हम भी किसान हैं और हम जानते हैं कि ये काले क़ानून हैं और ये आगे चल के किसानों की बदहाली का कारण बनेंगे। अब जब हम आए हैं तो हम इन क़ानूनों की वापसी होने के बाद ही जाएंगे।'

शुभिता ने स्पष्ट तौर पर बताया, 'किसान परिवारों की आय में वर्षों से गिरावट आ रही है। हम महिलाएँ घर के पुरुषों के साथ खेतों पर बराबर काम करती हैं और हाँ, हम फसल की उपज जो कि बिकने के लायक है उसके 'न बिकने' की पीड़ा जानते हैं। मजबूरी में एक किसान अपनी फ़सल को आधी कीमत पर बेचने को विवश है। इस दर्द की वास्तविकता को हमसे बेहतर कौन जानेगा और समझेगा! '

अपनी आवाज़ बुलंद करती महिलाएँ कहती हैं कि नरेंद्र मोदी के नेतृत्व वाली केंद्र सरकार की अन्य नीतियों ने भी उनके जीवन की गुणवत्ता को काफी बुरी तरह से प्रभावित किया है। उसी समूह की 50 वर्षीय तारा दलाल ने कहा, 'विज्ञापन में जो यह गौ सुरक्षा क़ानून के बारे में बता रहे हैं उन्होंने हमारी ज़िंदगी को और भी बदतर कर दिया है।' वह केंद्र सरकार के मई 2017 में गौ हत्या पर प्रतिबंध लगाने का जिक्र कर रही थी, जिसमें देशी नस्ल की गायों को संरक्षित करने की बात कही गई थी।

उन्होंने कहा, 'तब से गाँव में आवारा मवेशियों की संख्या बढ़ गई है। वे खेत में घुस जाते हैं और हमारी फसल बर्बाद कर देते हैं। इन सब के कारण किसानों की लागत और बढ़ गई है क्योंकि अब हमें खेतों में बाड़ लगाने पर बहुत अधिक खर्च करना पड़ता है, जो पहले नहीं होता था।'

राजस्थान के इन महिला समूह के साथ ही हरियाणा के रेवाड़ी जिले से आने वाली महिलाओं का भी एक समूह यहाँ मौजूद था। उसमें से एक 45 वर्षीय सुमन ने बताया कि वह अपने परिवार की 5 किला भूमि पर खेती करती हैं और फसल की बुवाई, सफाई और कटाई जैसे सब काम करती हैं। तमाम मेहनत के बाद भी सुमन

को शिकायत है कि उनकी मुश्किलें लगातार बढ़ती जा रही हैं। उन्होंने कहा, 'सबसे पहले तो एक किसान को बाज़ार में अच्छी कीमत नहीं मिलती है, फिर कुल उपज से जो भी कमाती हूँ, वह मेरे पति शराब पीने में उड़ा देते हैं।' 60 साल की फूलवती इस बात को अच्छी तरह जानती हैं क्योंकि उन्होंने अपने पति को शराब की लत के कारण खो दिया है। उन्होंने कहा, 'सरकार को शराब पर भी प्रतिबंध लगाना चाहिए ताकि किसानों के परिवार के पास जो भी पैसा हो उसे वह अपने परिवार के पालन-पोषण पर खर्च कर सकें।'

महाराष्ट्र के किसान और खेत मज़दूर

अपने साथी किसानों के साथ मार्च करते हुए, 38 साल के पालघर के संतोष कामदी पहली बार दिल्ली के करीब आए हैं। उन्होंने कहा, 'मैंने कभी नहीं सोचा था कि मैं एक दिन इस तरह दिल्ली जाऊंगा। लेकिन इस सरकार ने हमारे लिए कोई दूसरा विकल्प नहीं छोड़ा है। इसने हमें अपने भविष्य के लिए लड़ने के लिए मजबूर कर दिया है।' महाराष्ट्र से हज़ारों किसानों का जत्था गाड़ियों से दिल्ली के लिए 21 दिसंबर को नासिक से रवाना हुआ था। 1266 किलोमीटर की दूरी तय कर उनका जत्था 25 दिसंबर को शाहजहांपुर में राजस्थान-हरियाणा सीमा पर किसान आंदोलन में शामिल हुआ। ये किसान मध्य प्रदेश बॉर्डर पार करते हुए यहाँ पहुँचे है। ये किसान भी देश के बाकी राज्यों पंजाब, हरियाणा, उत्तर प्रदेश, उत्तराखंड, राजस्थान, मध्य प्रदेश आदि की तरह नए कृषि कानूनों के खिलाफ दिल्ली प्रदर्शन करने आए हैं। हालांकि यहाँ किसान अपनी कई निजी मांगों को भी लेकर आए हैं।

2018 में भी महाराष्ट्र के किसानों ने एआईकेएस के नेतृत्व में हज़ारों की संख्या में नासिक से लेकर मुंबई तक पैदल लॉन्ग मार्च किया था। इसे याद करते हुए एआईकेएस के राष्ट्रीय अध्यक्ष अशोक ढवले कहते हैं कि 'नासिक से मुंबई तक किसानों के मार्च ने महाराष्ट्र में तत्कालीन भारतीय जनता पार्टी की सरकार के अहंकार को तोड़ दिया था। अब मोदी सरकार का समय है। भारत के इतिहास में किसी अन्य सरकार ने किसानों पर न तो इस तरह कभी आँसू गैस छोड़ी है और न इस तरह ठंड में पानी की बौछार की है। लेकिन इन सभी चाल को नाकाम कर किसान दिल्ली के बाहरी इलाके में पहुंचे हैं।' उन्होंने कहा कि महाराष्ट्र के किसान तीन कानूनों को रद्द करने के लिए दिल्ली में

चल रही ऐतिहासिक लड़ाई में शामिल होने के लिए पूरी तरह से तैयार हैं।

महाराष्ट्र के सातारा के किसान मानिक अघड़े ने कहा, 'हम दिल्ली की ठंड से डरते नहीं हैं। मोदी सरकार द्वारा लागू किए गए कानून काफी खतरनाक हैं। हम सड़क पर बैठेंगे और सड़क पर भोजन करेंगे, लेकिन हम इन क़ानूनों के वापस लिए जाने तक अपने घर नहीं लौटेंगे।'

उन्होंने बताया, 'यह केवल पंजाब और हरियाणा के किसानों का संघर्ष नहीं है। यह भारत के सभी किसानों की लड़ाई है।'

छोटे किसान दो वक्त के भोजन को मोहताज़!

रावल ने, जो मौसम के आधार पर अपने तीन एकड़ की जोत पर गेहूँ, चना और मक्का उगाते हैं, कहा, 'हम चार भाई हैं और केवल खेती से ही घर चलाना हमारे लिए असंभव है।' रावल अन्य खेतों में कृषि मज़दूर के रूप में भी काम करते हैं। जबकि उनके भाई अहमदाबाद और बड़ौदा जैसे शहर में असंगठित मज़दूर के तौर पर काम करते हैं। उन्होंने बताया, 'बुआई या कटाई के समय, हम अपने गाँव वापस आ जाते हैं और खेत में काम करते हैं। अन्य दिनों में हम सभी खेती के अलावा कहीं न कहीं काम करते हैं जहाँ भी हमें अपने कौशल के हिसाब से काम मिलता है। लेकिन यह भी 6 लोगों के एक परिवार के लिए पर्याप्त नहीं है जिससे हमें रोज़ाना दो वक्त का भोजन प्राप्त हो सके। उस समय दिए जा रहे भाषण पर फिर से अपना ध्यान केंद्रित करते हुए अंत में उन्होंने कहा, 'सरकार बड़ी-बड़ी योजनाएँ बनाती है पर सब कागज़ पर ही रह जाती हैं।' कम से कम जो कुछ बचा हुआ है, उसे तो ख़त्म न किया जाए

स्कीम वर्कर भी किसान आंदोलन का हिस्सा

देशभर में दो करोड़ के आसपास स्कीम वर्कर्स हैं जो अपनी मांगों को लेकर कई सालों से संघर्ष कर रहे हैं। वे आज भी कर्मचारी के दर्ज़े के लिए सरकार के खिलाफ लड़ रहे हैं। आज भी उन्हें देशभर में 1000 रुपये से लेकर 12 हज़ार का मानदेय मिलता है, जो कि न्यूनतम वेतन से भी कम है। वे किसी भी सरकारी कर्मचारी के बराबर या उससे अधिक ही काम करते हैं, लेकिन उन्हें आज भी कर्मचारी के तौर पर मूलभूत अधिकारों का इंतज़ार है।

उनमे से वहां मौजूद एक ने कहा, 'जब किसान दिल्ली आए तो हम उनके संघर्ष में शामिल हुए। हम सिंघु, टिकरी और अन्य विरोध स्थलों पर भी गए।' उन्होंने आगे बताया कि उनके पिता एक किसान थे और उनके पति भी एक किसान हैं इसलिए यह जंग साथ लड़नी होगी। 'सरकार हमें बहुत कम भुगतान करती है जो घर में चूल्हा जलाने के लिए पर्याप्त नहीं है।' हमें खेती से एक स्थायी आय की आवश्यकता है। 'क्या हम बहुत ज्यादा मांग कर रहे हैं? 'इस सवाल के साथ वह फिर से नारे लगा रहे किसानों के बीच चली गई।

रवि कौशल

'हमें बेचा नहीं जा सकता'

शाम ढल चुकी थी, किसान तितर-बितर हो चुके थे और सर्द हवाओं के थपेड़ों से खुद को बचाने के लिएं अस्थाई टेंटों के भीतर डेरा डाले हुए थे। टेंटों में रोशनी बेहद मद्धिम थी, क्योंकि बिजली का स्रोत मुख्य रूप से ट्रैक्टर की बैटरियाँ थीं, जिन्हें फोन और स्पीकरों को चार्ज करने के लिए इस्तेमाल में लाया जा रहा था। टेंटों के बाहर के माहौल के विपरीत, उसके भीतर किसानों के चेहरे उत्साह और ख़ुशी से दमक रहे थे। हालाँकि बातचीत मुख्यतया संघर्ष और सरकार के रवैये के ही इर्द-गिर्द घूम रही थी, लेकिन सबसे बड़ा सवाल यही बना हुआ था कि क्या इस लड़ाई से अपेक्षित परिणाम मिलने जा रहे हैं?

प्रदर्शनकारी किसानों में हरियाणा, उत्तर प्रदेश और पंजाब के साथ-साथ उत्तराखंड के तराई क्षेत्र से आए हुए सिख किसानों का एक जत्था भी तीनों कृषि कानूनों के खिलाफ अपने विरोध को प्रदर्शित करने के उद्देश्य से शामिल था, जिसे कुछ नेता देश के लोगों के ऊपर 'राज्य-प्रायोजित दमन' बता रहे थे।

उत्तराखंड के शहीद उधम सिंह नगर के रहने वाले दलजीत सिंह का कहना था कि ये कानून उनके जैसे किसानों के लिए विनाशकारी साबित होने जा रहे हैं। क्योंकि जब सरकार द्वारा बाजार से अनाज खरीद की बारी आती है तो मेरे जैसे किसान पहले से ही नौकरशाही की उदासीनता के शिकार हो जाते हैं। उनके अनुसार 'सरकार मंडियों से उपज की खरीद तो करती है, लेकिन इस खरीद की रफ्तार इतनी धीमी है कि एक सीजन के अनाज की खरीद करने में ही इन्हें कई साल लग सकते हैं! बाजार

समिति का हाल यह है कि एक दिन में बमुश्किल वह 500 क्विंटल की ही खरीद कर पाती है। मैं तकरीबन 800 क्विंटल अनाज उपजाता हूँ लेकिन बाजार में सिर्फ 200 क्विंटल ही बेच पाता हूँ। शेष उपज को मुझे निजी व्यापारियों के हाथ ही बेचना पड़ता है, क्योंकि हम लंबे समय तक इसका भण्डारण करके नहीं रख सकते हैं। मैंने अपना धान 1,400 रुपये प्रति क्विंटल की दर पर बेचा है, जबकि इसका न्यूनतम समर्थन मूल्य 1,888 रूपये प्रति क्विंटल था। इसकी लागत करीब 1,200 रुपये प्रति क्विंटल के आसपास थी। बताइये, मुझको आखिर क्या बच रहा है? मेरी सारी मेहनत और समय का मोल मात्र 200 रुपये बैठ रहा है। यह सब सरकार की घोर उपेक्षा और अक्षमता का ही नतीजा है। इन कानूनों के लागू हो जाने की स्थिति में बड़े कॉरपोरेट्स गिद्धों के समान हमारे शरीर को नोच-नोचकर खायेंगे, जबकि हमारी किस्मत में कर्ज के बोझ तले और भी गहरे डूबना ही लिखा है।'

तराई क्षेत्र उत्तर प्रदेश में पीलीभीत, रामपुर और लखीमपुर खीरी से लेकर उत्तराखंड में उधमसिंह नगर, बाज़पुर, जसपुर, रुद्रपुर और हल्द्वानी के इलाकों में फैला हुआ है। सिंह ने तराई क्षेत्र में सिख आबादी की प्रमुख उपस्थिति को लेकर एक रोचक वाकये को साझा किया। उन्होंने बताया 'विभाजन के दौरान पाकिस्तान में अपनी जमीनों से बेदखल होकर सिख आबादी इस क्षेत्र में आकर बस गई थी। उसी दौरान इस क्षेत्र में हैजे का भारी प्रकोप फैला हुआ था और स्थानीय लोग इस क्षेत्र से भाग खड़े हुए थे। इस हालात को देखते हुए रामपुर के नवाब ने पटियाला के महाराजा से जंगलों को साफ़ करने के लिए मजदूरों को भेजने का आग्रह किया था। जब जंगलों को साफ़ कर दिया गया तो सिख मजदूरों को यहाँ पर जमीन के पट्टे दे दिए गए थे और इस प्रकार हम इस क्षेत्र में आबाद हो गए।'

सिंह, जो कि अपनी पंचायत के प्रधान भी हैं, ने बताया कि जमीन की उर्वरता को बनाये रखने के लिए किसान सारे साल भर विभिन्न फसलों की बुआई करते हैं। उन्होंने बताया कि 'मैं अपने 32 एकड़ के खेत में गेहूं, धान, गन्ना और मटर उगाता हूँ। धान की फसल उगाने में अब कोई फायदा नहीं रह गया है। वहीं गेहूं की फसल में मौसम ने यदि हर तरह से साथ दिया, तो उसमें कुछ लाभ हो जाता है। मटर की फसल खुले बाजार में बेची जाती है और उस पर मिलने वाला रिटर्न उस दिन के मंडी भाव पर निर्भर करता है। जहाँ तक गन्ने का सवाल है तो इस पर हम प्रति एकड़ लगभग

60,000 रुपये तक खर्च करते हैं, जबकि बदले में हमें लगभग 95,000 रुपये प्रति एकड़ मिलता है। हालाँकि चीनी मिलों द्वारा इसका भुगतान एक साल के बाद ही जाकर किया जाता है। इसलिए यह 'सिर्फ नुकसान' वाला सौदा ही बनकर रह गया है। यही वजह है कि हम एमएसपी और उसके बाद सरकारी खरीद की गारंटी की माँग पर अड़े हुए हैं।'

सरकार द्वारा निजीकरण के प्रयासों पर सिंह का कहना था, 'सरकार ने हवाई अड्डों से लेकर राजमार्गों एवं बंदरगाहों सहित सब कुछ को बेच डाला है। हमने साफ़-साफ़ देखा है कि किस प्रकार से बीएसएनएल को 4जी लाइसेंस आवंटन मुहैया न कराकर उसे कमजोर किया गया। यदि इन कानूनों को भी अमल में लाया गया तो एपीएमसी के साथ भी यही हश्र होना है। सारे देश को बेच देने के बाद अब वे किसानों को बेचना चाहते हैं। लेकिन हमें बेचा नहीं जा सकता है। '

विरोध-स्थल के आस-पास चहलकदमी कर रहे नौजवान अमरपाल सिंह संधू ने बताया कि यह संघर्ष, निजी मुनाफाखोरों के हाथों जो अधिकार किसान खो बैठे हैं, उन्हें दोबारा हासिल करने के बारे में कहीं अधिक है। उत्तराखंड के बाज़पुर से आए हुए सिद्धू के अनुसार 'जब खरीद की मात्रा निर्धारित करने की बारी आती है तो यह पूरी तरह से जिलाधिकारी के मूड पर निर्भर करता है। इस बारे में सरकार से कोई भी मदद नहीं मिलती। मोदी जी किसानों को 6,000 रुपये मदद की बातें करते रहते हैं। जिसका मतलब प्रतिदिन के हिसाब से 17 रुपये बैठता है। क्या हम इस आय पर जिन्दा रह सकते हैं? इसके अतिरिक्त क्षतिग्रस्त फसलों के मामले में मुआवजे को लेकर कोई भी प्रारूप वजूद में नहीं है। तराई क्षेत्र में हम जैसों के लिए ओला वृष्टि या बाढ़ कोई नई बात नहीं है। हर गुजरते दिन के साथ हम और भी अधिक कर्ज के बोझ में डूबते जा रहे हैं। इस समय मैं 17 लाख रुपये के कर्ज में डूबा हुआ हूँ।'

जब इसको लेकर किसी संभावित समाधान के बारे में पूछा गया तो संधू का उत्तर था, 'किसान जो माँग कर रहे हैं, कृपया वह उन्हें दे दिया जाए। हम चाहते हैं कि एमएसपी में हमारी लागत, जोखिम कारकों और सबसे महत्वपूर्ण मुद्रास्फीति को शामिल करने के साथ-साथ समय पर सरकारी खरीद को सुनिश्चित किया जाए।'

संधू के अलावा एक अन्य नौजवान गुरसिमरन सिंह ने बीच में हस्तक्षेप करते हुए कहा, 'बहुत हो चुका, सरकार हमें अब और मूर्ख बनाना बंद करे। हमने भी कानून

पढ़ रखा है। जब कृषि एक राज्य का विषय है तो कैसे वे इस पर केन्द्रीय कानून बना सकते हैं? अब तोमर कह रहे हैं कि ये कानून कृषि को लेकर नहीं बल्कि व्यापार को ध्यान में रखकर बनाए गए हैं। वे खुद को बहुत बड़ा होशियार समझ रहे हैं, जबकि असल में वे इतने हैं नहीं।'

भाषा सिंह

किसानों की असली ताकत है संगठन

हमारे साथ संगठन की शक्ति है। उसने हमें हक के लिए लड़ना-बोलना सिखाया है। अपनी जत्थेबंदी (यूनियन) पर हमें अपने परिवार जैसा और कई बार तो उससे भी बढ़कर भरोसा है। वरना सोचो एक महीना हो गया दिल्ली की सड़कों पर, खुले आसमान के नीचे, पर किसी के चेहरे पर शिकन नहीं हैं, वापस जाने की बात नहीं है। रोज-रोज हमारी ताकत बढ़ती जा रही है। बिना जत्थेबंदी के हम किसान औरतों का यहां हो या पंजाब, जिंदा रहना मुमकिन नहीं है

कवंजीत कौर, 46 साल, बठिंडा, पंजाब

हमारे घर के सभी लोग अगस्त से ही मोदी सरकार के इन तीन कृषि कानूनों के खिलाफ आवाज़ उठा रहे हैं। हम भी स्कूल के बाद उनके साथ फेयर प्राइस के सामने धरना करने जाते थे। हम तो अपने दोस्तों को भी बताते हैं कि मिलकर आवाज उठाना बहुत जरूरी है। पहले नारा लगाने में शर्म आती थी, आवाज नहीं निकलती थी, फिर लगा सबकी आवाज में मेरी आवाज मिल गई तो अलग से नहीं सुनाई देगी, एक कलेक्टिव आवाज हो गई। सबसे बड़ी बात यह समझ में आई कि जुड़ने से ताकत मिलती है, मोदी सरकार के कानून के खिलाफ सभी लोग जुड़ कर ही तो आवाज़ उठा पा रहे हैं, अकेले-अकेले आवाज तो दब जाती। मेरा सबसे प्यारा नारा – इंकलाब जिंदाबाद है – यह लगाना बहुत अच्छा लगता है।

विश्वप्रीत कौर, 13 साल, 7वीं क्लास, संगरूर।

मुझे ठंड तो थोड़ी ज्यादा लगती है, लेकिन सीखने को बहुत मिलता है। हमारे खेल भी नए बन गये हैं। डंडों पर झंडा लगाना, दौड़-दौड़कर चाय पिलाना, रोटी खिलाना, कंबल के लिए रेस लगाना . . . फिर कनेक्शन पकड़ना (इंटरनेट) और क्लास का होमवर्क डाउनलोड करना। पढ़ाई में भी दिमाग भिड़ाना। घर में ऑनलाइन क्लास में तो नींद आ जाती था, यहां (टिकरी बार्डर) पर तो यह संभव ही नहीं है। ऐसा लगता है जैसे हम उस टाइम में आ गये हैं, जब आज़ादी की लड़ाई चल रही थी। हमारी किताबों में है न, कैसे सब लोग देश को बचाने के लिए घरों को छोड़कर बाहर आ गये थे। हम सब भी तो जल्थेबंदियों (यूनियनों) के बैनर तले खेती को बचाने के लिए सड़कों पर डट गये हैं। हम भी इतिहास बना रहे हैं

जसंविदर कौर, 9वीं क्लास, जलालाबाद, पंजाब

मैं अपनी बाकी उम्र भी यहीं बैठ कर गुजार सकती हूं, लेकिन अपनी खेती को अंबानी-अडानी को नहीं सौंप सकती। मोदी सोचता है कि हम किसान बेवकूफ हैं, पर उसे ये समझना होगा कि हमसे ज्यादा खेती के बारे में कम से कम वह तो नहीं जानता। मुझ से बहस करे, मैं बताती हूं कि एसेंशियल कॉमेडिटी एक्ट में बदलाव से किसान ही नहीं आप जैसे तमाम नागरिकों की जेबें ढीली होंगी, कंपनियों को फायदा होगा, ट्रेड वाले काले कानून से तो हमारी जमीनें ही छिन जाएंगी और तीसरे वाले से ठेके पर हो जाएगा सारा खेल। हम जत्थेबंदी नाल (साथ) जुड़े हैं, एक-एक प्वाइंट पता है। अब देखो वो (मोदी) कहता है कि हमें भड़का रहे हैं, और मैं कहती हूं (अपनी छाती पर हाथ ठोंक कर) तू बिका है उनके (अंबानी-अडानी) के पास।

बलजीत कौर, 67 साल, जालंधर, पंजाब

यह मशाल जली थी सबसे पहले पंजाब में, जहां 20 जून, 2020 को तीन कृषि अध्यादेशों के पारित होने के बाद से किसान यूनियनों ने इनके खिलाफ लामबंदी शुरू कर दी थी और 9 अगस्त से किसानों ने पंजाब में प्रदर्शन शुरू कर दिए थे। ऑल इंडिया किसान संघर्ष कॉर्डिनेशन कमेटी (एआईकेएससीसी) ने भी 9 अगस्त को आंध्र

प्रदेश और तेलंगाना में कई जगहों पर इन अध्यादेशों के खिलाफ प्रदर्शन किए। फिर सितंबर में सारे नियमों को ताक पर रखकर, अफरातफरी में इन कानूनों को संसद में (लोकसभा में 17 सितंबर 2020 और राज्यसभा में 20 सितंबर 2020) पारित किए जाने के बाद से आंदोलन बहुत तेज हो गया।

देश भर की तमाम किसान यूनियनों-संगठनों ने इन तीन कानूनों – (1) आवश्यक वस्तु (संशोधन) अधिनियम 2020 (Essential Commodities (amendment) Act 2020), (2) कृषक उपज व्यापार और वाणिज्य (संवर्धन और सरलीकरण) अधिनियम, 2020 (Farmers Producers Trade and Commerce (Promotion and Facilitation) Act 2020 और (3) कृषि (सशक्तीकरण और संरक्षण) कीमत अश्वासन और कृषि सेवा करार अधिनियम, 2020 (The Farmers' (Empowerment and Protection) Agreement of Price Assurance and Farm Services Act 2020) जो अनुबंध खेती (contract farming) से जुड़ा है, को देश की खेती के लिए मौत का वारंट बताया।

जमीन पर इन कानूनों के खिलाफ इतना तगड़ा आक्रोश है कि पंजाब के अकाली दल को मजबूरी में भाजपा नेतृत्व वाले राष्ट्रीय जनतांत्रिक गठबंधन (एनडीए) से रिश्ता खत्म करना पड़ा, हरियाणा में भाजपा के नेतृत्व वाली खट्टर सरकार को समर्थन दे रहे दुष्यंत चौटाला पर भी समर्थन वापस लेने का भारी दबाव है। भाजपा को छोड़कर कमोबेश तमाम राजनीतिक दल इन कानूनों के खिलाफ हैं।

बेहद अनूठा है यह किसान आंदोलन

तमाम अन्य बातों के अलावा यह किसान आंदोलन बेहद अनूठा है और यह भारतीय लोकतंत्र को बचाने की तमाम लड़ाइयों को एक अलग मुकाम तक, अलग स्तर तक ले जाने की शक्ति रखता है। इस शक्ति का राज या कुंजी छुपी हुई है किसान यूनियनों की संगठित ताकत में, जिस पर ध्यान दिया जाना, बात करना बेहद जरूरी है। तमाम किसान जिस तरह कड़कड़ाती सर्दी, कोरोना के जानलेवा संकट को झेलते हुए, मोदी-खट्टर सरकार की तमाम रुकावटों-पानी की बौछारों को चीरते हुए दिल्ली की सरहद तक पहुंचे हैं – यह उनकी संगठित ताकत का जीता-जागता उदाहरण है।

जैसा आपने ऊपर दिए वक्तव्यों में पढ़ा होगा, ये तमाम महिलाएं और बच्चियां न सिर्फ इस जुझारू किसान आंदोलन का हिस्सा हैं, बल्कि बता रही हैं कि बिना जत्थेदारियों के महिला किसानों का दिल्ली तक पहुंच पाना और डटे रहना असंभव था। पूंजीवादी प्रचार-प्रसार के दौर में यूनियनों को एक नकारात्मक शब्द में तब्दील करने की जो घिनौनी साजिश रची गई और उसके तहत यूनियनों को खत्म किया गया, उसने तमाम गलत कानूनों के खिलाफ मोर्चेबंदी को कमजोर किया। सुधार के नाम पर श्रमिकों के तमाम अधिकार उनसे छीन लिए गए, उन्हें बंधुआ मजदूरों में तब्दील कर दिया गया। तमाम सरकारी उपक्रमों को औने-पौने दामों पर बेच दिया गया, रेलवे की कई चीजें बेच दी गईं और आम नागरिकों के खिलाफ बनाए गए तमाम कानूनों को ही देश के हित के नाम पर स्थापित करने का खेल मोदी सरकार ने खुल्लम-खुल्ला खेला और खेल रही है।

इसे टक्कर दे रहे हैं किसान अपने-अपने संगठनों के जरिए। किसान आंदोलन की तीखी धार से भी जाहिर है कि ये किसान यूनियनें विचारधारा और आंदोलन की आंच पर पकी हुई हैं। उन्हें कोई भ्रम नहीं है कि कौन दोस्त है और कौन दुश्मन। महिला किसानों के बहुत बड़ी संख्या में दिल्ली में उतरने के पीछे भी जत्थेबंदियों की ताकत है। उनके घर से लेकर दिल्ली तक एक-एक महिला, उसके परिवार की हिफाजत करना, उनके लिए टायलेट से लेकर नहाने का इंतजाम जिस दक्षता के साथ किया गया है, वह यूनियनों की संगठित ताकत को दर्शाता है।

भारतीय किसान यूनियन (उग्राहां) की महिला नेता बिंदू ने बताया कि यहां (टिकरी बॉर्डर) पर करीब 20 हजार महिला किसान अपनी उपस्थिति दर्ज करा चुकी हैं। इनमें से अधिकांश महिलाओं का यूनियन से जुड़ाव कम से कम छह से 10 साल पुराना है। कइयों का इससे भी पुराना है और कई पिछले छह महीने में जुड़ी हैं। ये तमाम महिलाएं यूनियन के बारे में, उसके क्रियाकलापों के बारे में अच्छे से जानती हैं। खेती संकट पर खूब जमकर बात होती है। चूंकि ये तमाम महिलाएं खुद खेती करती हैं, लिहाजा खेती के संकटों के बारे में उनकी जानकारी बहुत जमीनी होती है।

धरने पर बैठीं कंवलप्रीत कौर ने बताया कि वह पिछले सात साल से उग्राहा जत्थेबंदी के साथ जुड़ी हुई हैं। उनके पास दस किला (10 एकड़) जमीन है। वह खुद खेती करती हैं। सब कुछ बोती है, लेकिन सरकार की गलत नीतियों से परेशान हैं। इस

बार उन्होंने आलू बोया, बहुत अच्छी फसल हुई, जब बेचने गईं तो एक रुपये-दो रुपये किलो का रेट मिल रहा था। गुस्से में सारा आलू फेंक कर आ गईं। यूनियन से जुड़ने की वजह से उन्हें यह अच्छी तरह से पता है कि यह सरकार की गलत नीतियों की वजह से है। वह दृढ़तापूर्वक कहती हैं कि मोदी सरकार कानून वापस नहीं लेगी जब तक, तब तक वे यहीं बैठी रहेंगी। उन्होंने बताया कि यूनियन के जरिए ही उन्हें पता चला कि किस तरह से मोदी सरकार नया बिजली बिल लाई है, जिससे बेहद महंगी हो जाएगी बिजली, जैसे पेट्रोल-डीजल के दाम अनियंत्रित हो गए हैं, वैसे ही बिजली भी होने वाली है।

किसान यूनियन या जत्थेदारियों के साथ जुड़ाव की वजह से किसानों के स्वर तीखे राजनीतिक हैं। वे बड़े पैमाने पर हो रही साजिशों को समझ पा रहे हैं। आजाद भारत का संभवतः यह पहला इतना बड़ा किसान आंदोलन है, जिसने देश के दो शीर्ष कॉरपोरेट घरानों को निशाने पर लिया है। यह पहला आंदोलन है जिसने सीधे-सीधे अंबानी और अडानी के खिलाफ अभियान को अपने टॉप एजेंडे में रखा हुआ है। यहां पर मौजूद हर किसान महिला, पुरुष, बच्चा मोदी और अंबानी-अडानी के रिश्तों के बारे में बेखौफ ढंग से बातचीत करने को तैयार है। सिंघु बॉर्डर से लेकर टिकरी बॉर्डर तक–हर जगह अंबानी और अडानी के उत्पादों के बहिष्कार के पोस्टर लगे हुए हैं। हरेक व्यक्ति के पास आपको यह समझाने के लिए पर्याप्त तर्क हैं कि कैसे मोदी सरकार ये कानून अपने दोस्त अंबानी-अडानी को लाभ देने के लिए लाई है। और ऐसा भी नहीं है कि अंबानी-अडानी का विरोध करने की इन किसानों की अपील का कोई असर नहीं हुआ। किसान आंदोलन की अपील के समर्थन में जब लोगों ने जिओ के नंबर को दूसरे मोबाइल ऑपरेटर के पास पोर्ट करा लिए (बदल लिए) तो घबराकर जिओ के मालिक मुकेश अंबानी को टेलीफोन रेगुलेटरी अथॉरिटी ऑफ इंडिया (ट्राई) को पत्र लिखना पड़ा और हस्तक्षेप करने की अपील करनी पड़ी। उधर अडानी को हिंदी के अखबारों में पहले पेज पर विज्ञापन देना पड़ा, जिसमें बताया गया कि ये कानून किसानों के लिए लाभकारी हैं और अडानी समूह किसानों का हितैषी है। इसे किसानों की संगठित मांग की जीत ही कहा जा सकता है।

इसके साथ मीडिया के बड़े घरानों-गोदी मीडिया का जिस तरह से किसान आंदोलनकर्ताओं ने 'बैंड बजाया' है, वह भी उल्लेखनीय है। आंदोलन के हर कोने

से यह आवाज इतनी तेज सुनाई देती है कि गोदी मीडिया को घुसने नहीं देना है। बैनर-पोस्टर सब लगे हुए हैं। एक जगह तो नेशनल मीडिया फॉर सेल, एक के साथ एक फ्री के बैनर भी लगा दिए हैं। और अब उसका असर यह हुआ कि ज़ी न्यूज को अपने कार्यक्रम में डिस्क्लेमर चलाना पड़ रहा है कि वह किसान आंदोलन के साथ है।

अखिल भारतीय किसान महासभा से जुड़ी महिलाएं मंच से लेकर किताबों के वितरण, लाइब्रेरी बनाने में बढ़-चढ़ कर हिस्सा ले रही है। जसबीर नट नारे लगाने से लेकर भाषण देने, महिलाओं के लिए तमाम इंतजामों की गारंटी करने का काम बखूबी कर रही हैं, साथ ही नवकिरण नट ट्रॉली टाइम्स नाम का अखबार तमाम साथियों के साथ मिल कर निकाल रही हैं। जिस तरह से ये अखबार निकल रहा है, वह अपने आप में एक नये इतिहास की रचना है।

अखिल भारतीय किसान सभा के अशोक ढवले का सही ही कहना है कि किसानों की यह संगठित शक्ति ही मोदी सरकार को इतनी कड़ी टक्कर दे पा रही है, वरना यह निरंकुश सत्ता तो किसानों को कुचलने के मंसूबे बनाए हुए थी। सर्दी में पानी की बौछारों से लेकर सड़कों पर गड्ढे खोद दिए थे।

क्रांतिकारी किसान यूनियन के डॉ. दर्शन पाल को जहां चिंता सता रही कि किस तरह से यह आंदोलन देशव्यापी बने, ताकि केंद्र की मोदी सरकार पर इसका गहरा असर पड़े, वहीं जोगिंदर सिंह उग्राहां को किसानों के संगठित उभार से राजनीतिक फलक में बड़ी तब्दीली के आसार दिख रहे हैं। उधर किसान यूनियन के राकेश टिकैत का यह पूछना कि किसान जब सड़कों पर हैं तब मंदिर वाले कहां हैं–एक बड़े राजनीतिक सवाल को जन्म दे रहा है। वह पूछ रहे हैं कि आंदोलन में मंदिर वाले कहां है, किसानों को एक कप चाय तक नहीं पूछी। हमारी मां-बहनें मंदिरों में दूध चढ़ाती रहीं और ये लोग यहां नहीं आए, इनका पता भी लेना पड़ेगा। अब यह सवाल उत्तर प्रदेश के मुख्यमंत्री योगी आदित्यनाथ और प्रधानमंत्री नरेंद्र मोदी दोनों के लिए परेशानी का सबब हो सकता है, अगर किसानों की संगठित शक्ति इसे आगे लेकर चले . . .।

अमनदीप संधू

बिचौलिये या सेवा-प्रदाता : कौन हैं ये आढ़तिये?

पंजाब न तो एक नकदी अर्थव्यवस्था वाला राज्य है, न ही यह नकदी-विहीन है। यह अंतहीन उधारों और कर्जों से लदी एक अर्थव्यवस्था है। मैंने इसे अपनी किशोरावस्था से ही देखा है, जब मैं स्कूल से छुट्टी होने पर खेती-गृहस्थी के कामों में अपने परिवार के हाथ बंटाता था।

मुझे याद है, खेती के सीजन में, मैं उस ट्रॉली पर चढ़ जाता था, जिसमें हम गेहूं मंडी ले जाते थे। मैं गेहूं की ढेर पर बैठ जाता और खेती के कामों में स्थायी सहायक सिरि भगत मेरे साथ ही बैठता था। कुछ प्रवासी मजदूर भैया लोग भी ट्रॉली की आखिरी छोर पर गेहूं की ढेरी पर ही बैठते थे। उस ट्रॉली को मेरे चाचा ही ड्राइव कर शहर की मंडी तक ले जाते थे।

मेरे लिए तो खेतों से शहर का सफर किसी राजा के लाव-लश्कर जैसा ही होता था। अपने स्कूल के भूगोल की किताब से मैं जान गया था कि यह गेहूं यहां से बहुत दूर ओडिशा और केरल ले जाया जाएगा। मेरे चाचा एक बढ़िया राजा के समान थे, जो अपने लोगों की खूब आवभगत करते थे, उन्हें खाना खिलाते और उन्हें भूखों मरने से बचाते थे। गेहूं को ट्रॉली से उतारने, उसकी तौल कराने, बोरी में उसे भरने, फिर बोरियों को सिलने, कतार में उसे रखने और दो-दो बार उनकी गिनती करने में हम सभी का पूरा का पूरा दिन लग जाता था। मुझसे जितना हो सकता था, दिन भर उनकी मदद करता, मैं गेहूं के गिरे हुए दानों को चुनने और उन्हें बोरियों में रखने का काम करता।

इसके बाद, शाम में मेरे चाचा और मैं व्यापारी अंकल, जो हमसे गेहूं खरीदते थे, से मिलने जाते। वह हमें चाय-बिस्किट देते थे। फिर खाली हुए ट्रैक्टर ट्रॉली में मसूर की दाल, चीनी, चाय की पत्ती, साबुन, टेल्कम पाउडर और इसी तरह की चीजें भर दी जातीं। व्यापारी अंकल मुझे आइसक्रीम भी अलग से खाने के लिए देते थे। यह औपचारिकता पूरी करने के बाद वह एक बड़ा, मोटे लाल कपड़े से सुसज्जित एक रजिस्टर निकालते और उसमें संख्या दर्ज करते, फिर मेरे चाचा से उसको जांच कर इस पर दस्तख़त करने को कहते। लेकिन उन्होंने हमें एक भी पैसा नहीं दिया।

यह मेरे बाबा के मामले जैसा नहीं था, जो महीने भर राउरकेला के स्टील प्लांट में काम करने के बाद मुझे साथ लेकर अपने बैंक जाते और वहां से पैसे निकालते। उस पैसे को लेकर हम बाजार जाते और मसूर की दाल, चीनी, चाय पत्ती, साबुन, टेल्कम पाउडर और इसी तरह की कुछ अन्य चीजों की ख़रीदारी करते थे। मैं दिन की शुरुआत में स्वयं को एक राजा महसूस करते हुए, अभी यहां वस्तुओं से भरी ट्रॉली में बैठे हुए भी, हाथ में बिना एक पैसे के अपने को कंगाल अनुभव करता।

लौटते हुए मैं चाचा के ठीक पीछे ट्रैक्टर के पिछले सबसे बड़े वाले पहिये के ऊपर बनी सीट पर बैठता था। मैं नहीं चाहता था कि इस दौरान चाचा से होने वाली मेरी बातचीत को भगत या भैये में से कोई भी सुने। यद्यपि ट्रैक्टर एक बहुत ही शोरगुल करने वाला वाहन है, मैं चाचा से धीमी आवाज में पूछता, 'क्या हमें उचित दाम मिले हैं?'

'हां।' उनका जवाब होता।

'फिर हमें एक भी पैसा क्यों नहीं मिला?'

'वह ऐसा है कि हमारा अकाउंट आढ़तिये रखते हैं। क्या तुम्हें किसी चीज की जरूरत है, जो हमने पूरी नहीं की?'

मेरे दिमाग में इस तरह की कोई चीज नहीं आई। मुझे याद आया कि पिछली छुट्टियों में बाबा ने यह घरेलू पाठ पढ़ाया था कि यह पैसा कहां से आता है और वस्तु विनिमय प्रणाली (बार्टर सिस्टम) को कैसे रद्द कर दिया गया।यद्यपि यह मुझे वस्तु विनिमय प्रणाली जैसा ही मालूम पड़ता था। यह मेरे लिए अजूबा था: कैसे एक ही देश में, हमारे पास दो प्रणालियां है – नकद और उधार। वेतन और वस्तु विनिमय प्रणाली।

जब हम घर पहुंचे तो चाचा ने, जो एक विज्ञान शिक्षक थे, एक चार्ट पेपर लिया।

उस पेपर को दो बार मोड़ा। उन्होंने मुड़े हुए पेपर के बायें वाले हिस्से में जमीन और उस पर बैठे आदमी का चित्र बनाया। शुरुआती तस्वीर में, उन्होंने ट्रैक्टर, डीजल कंटेनर, नहर में पानी, एक ट्यूबवेल, बिजली, बीजों, उर्वरकों, कीटनाशकों, मज़दूरों, दरांती और एक कंबाइन हार्वेस्टर को भी दिखाया, जो उस समय एक नया-नया उत्पाद था। इन सबके सामने रुपये का चिह्न रख दिया।

चार्ट पेपर के दाहिनी ओर अनाज की मंडी का चित्र खींचा, जिसे मैंने सुबह में देखा था। इसके चारों तरफ उन्होंने दुकानों के शेड्स का रेखांकन किया, जिसमें वजन करने वाली मशीनों, नमूने के अनाज, बोरियों में भरे अनाज का ढेर, गोदामों, मजदूरों, ट्रैक्टरों, ट्रकों, कारखानों, चावल के लिए शेलर्स और गेहूं के लिए आटा चक्की लगी होती। फिर वे रेल की पटरियों, दूर-दराज के शहरों, अधिक बोरियों, अधिक दुकानों, घरों, रसोइयों, रोटियों, डाइनिंग टेबल पर बैठे बच्चों, और भोजन बनाती उनकी मां के चित्र खींचते।

पेपर के दोनों हिस्सों के बीच, उसके मुड़े हिस्से पर वह एक प्रश्नवाचक चिह्न रखते : इन सब को आपस में कौन जोड़ता है? 'ये आढ़तिये हैं', उन्होंने मुझसे कहा था। ऐसा है कि आढ़तिये और कमीशन एजेंट मौजूदा कृषि व्यवस्था में उपयुक्त बैठते हैं। यह वास्तविकता है कि यह खेती और बाजार-चक्र दोनों पर निर्भर है।

न्यूनतम समर्थन मूल्य (एमएसपी), जो सरकार की तरफ से केवल धान और गेहूं के लिए दिया जाता है, के आधार पर ये आढ़तिये पैदावारों की खरीद करते हैं। मकई, सब्ज़ियाँ और बासमती चावल भी खरीदते हैं, जिनके दाम एक मंडी से दूसरी मंडी में अलग-अलग होते है। यह गन्ने की भी खरीद करते हैं, जो सीधे चीनी मिल में चला जाता है। इनका भुगतान बाजार में निश्चित नहीं होता और इसमें कितना भी वक्त लग सकता था। और प्रायः ये विभिन्न कारणों : नौकरशाही की वजहों, राज्य सरकार की माली हालत, राइस शेलर्स और चीनी उद्योगों, जो आढ़तियों के ग्राहक होते थे की वजहों से अपने उत्पादों को बाजार में नहीं बेच सकते थे। चूंकि किसानों को अगली फसल की तैयारी करने के लिए धन-संसाधनों की तत्काल जरूरत होती है। ऐसे में ये आढ़तिये अपने लॉगबुकों और किसानों को धन की जरूरतों-पहले के कर्जे चुकाने, देनदारियों, अन्य खर्चों-के बारे में अपने कॉमन सेंस का उपयोग करते हुए किसानों को एडवांस में कुछ धन दे देते थे।

जटिल बाजार प्रणाली में कई स्तर हैं, सरकार ने इनमें से बहुत थोड़े का नियमन किया है : बीज, अनाज की जांच, उनके दाम और गोदामों का। इनमें भी अंतर उत्पादन के आधार पर निर्भर करता है और प्रायः सौदागरों द्वारा मैनिपुलेट किया जाता है। भारतीय खाद्य निगम(फ़ूड कॉरपोरेशन ऑफ़ इंडिया) और पंजाब कृषि विपणन बोर्ड (पीएएमबी) या मार्केटिंग फेडरेशन (मार्कफेड) और पंजाब सप्लाई कॉरपोरेशन (पीयूएनएसयूपी) से खेतों के निरीक्षण की अपेक्षा की जाती है, लेकिन खन्ना, जो एशिया की सबसे बड़ी अनाज मंडी है, के निरीक्षकों ने मुझे बताया कि इस काम के लिए वे आढ़तिये पर निर्भर हैं,वे उनके अपने ग्राहकों के साथ संबंधों तथा पैदावारों की जांच की उनकी क्षमता पर भरोसा करते हैं।

चूंकि किसानों को बीजों, कीटनाशक दवाओं, कीटनाशी और उर्वरकों की आवश्यकता होती है और इनके आपूर्तिकर्ताओं के साथ आढ़तियों का सघन संबंध होता है, इसके कारण, वे इन चीजों को भी उधार में किसानों को उपलब्ध करा देते हैं। इन वजहों से भी किसान उनके नेटवर्क के दायरे में आने पर बाध्य हो जाते हैं। इसीलिए किसानों का आढ़तियों के साथ बहुत घनिष्ठ संबंध बन जाता है।

पंजाबी यूनिवर्सिटी, पटियाला द्वारा जनवरी 2016 में प्रकाशित एक सर्वेक्षण रिपोर्ट के मुताबिक पंजाब में 89 फीसदी किसान कर्ज से लदे हैं। पंजाब के ग्रामीण क्षेत्रों में कर्ज की बकाया राशि 70,000 करोड़ रुपये से अधिक है। इस कर्ज-राशि का लगभग पांचवा हिस्सा निजी साहूकारों-आढ़तियों का है।

पंजाब में 20,000 आढ़तिये हैं और खेती-किसानी पर कर्ज का दायरा पिछले 10 सालों में बढ़ कर एकदम दोगुना हो गया है। एक आढ़तिये का कम से कम 300 किसानों के साथ कामकाजी रिश्ता होता है। ये आढ़तिये कानून के साथ मिलकर ही अपनी स्थिति को मजबूत करते जा रहे हैं, किसानों और मज़दूरों के लिए समर्थन अभी दुर्लभ बना हुआ है।

व्यापक निजीकरण की प्रक्रिया के साथ, सरकार इस दोषपूर्ण कृषि व्यवस्था और कृषि बाजार संरचना से अपने को बाहर निकालना चाहती है और कॉरपोरेट्स इस प्रक्रिया के विभिन्न चरणों में प्रवेश करने की ताक में हैं।

दरअसल, पंजाब के 1850+ अनाज के बाजारों में कारोबार की शर्तों को नियमित करने के लिए एक बड़ी राजनीतिक इच्छाशक्ति की आवश्यकता है।

किसानों को अपनी प्राथमिक आवश्यकताओं को पूरा करते रहने के लिए संसाधनों की आवश्यकता है। इसके अलावा, उन्हें अपनी बुनियादी घरेलू और पारिवारिक जरूरतों को पूरी करने के लिए भी धन की जरूरत होती है।

अब जैसे भोला का मामला लीजिए। भोला को अचानक धारीदार रतुआ रोग होने की वजह से फफूंदनाशक दवा खरीदने की जरूरत पड़ी। अब भला इसके लिए कौन बैंक बिना गारंटी के उसे एडवांस देगा? उसे आढ़तियों के पास जाना पड़ा- जो अपने में एक लचीला बैंक और निर्दयी वसूली एजेंट दोनों है। दक्षिण पंजाब में आढ़तिये एडवांस दी जाने वाली राशि पर 12 से 18 फीसद तक ब्याज लेते हैं, जबकि उत्तरी पंजाब में 18 से 24 फीसद तक लेते हैं।

यहां तक कि बड़े किसान, अपना सामाजिक स्तर, जो पूरी तरह से भौतिकवादी हो गया है, बनाए रखने के लिए कर्ज लेते हैं। वे महंगी शादियों, पॉश कारों, महल जैसे आलीशान घरों, भूमि-चाहे वह खेती की हो या शहर अथवा नगर की, पर भारी खर्च करते हैं, जिस कारण वे भी आढ़तियों के कर्ज से प्राय: लदे होते हैं। इस व्याधि ने लघु और सीमांत किसानों को भी जकड़ लिया है, यद्यपि उसका स्तर बड़े किसानों जैसा नहीं है। उन पर भारी सामाजिक दबाव है।

अब प्रश्न उठता है कि एक गरीब व्यक्ति भी वैसे समारोहों या वैसी आडम्बरपूर्ण जिंदगी जीने का हकदार क्यों नहीं है, जैसी जिंदगी जीते हुए पूरी दुनिया में पंजाबियों को दिखाया जाता है? निश्चित रूप से यह बड़ा सवाल है कि इतना आडंबर क्या आवश्यक है?

पंजाब के किसान, खासकर लघु और सीमांत किसान, जो आकार में बड़े हैं, हमेशा वित्तीय सामर्थ्य की धार पर चलते हैं। कर्ज और उधारी, इनके यहां पीढ़ियों तक चलती है, फिर भी वे आशावादी बने रहते हैं। आप छोटे या बड़े किसी भी किसान से पूछ कर देखें तो वह किसी न किसी तरह से कर्ज चुकाने की बात कहेगा। वह एक बेहतर सीजन का हवाला देते हुए एक अच्छी फसल होने, उसके अच्छे दाम मिलने और उससे भुगतान कर देने की उम्मीद रखता है। लेकिन यह इतना आसान नहीं है।

गेहूं की फसल मार्च के अंत में पकने वाली हो जाती है, उसके पहले हल्की-सी एक बरसात पूरी फसल को बर्बाद कर सकती है। इसी तरह, अक्टूबर में होने वाली बरसात और तेज हवाएं धान की फसल को खेतों में औंधे गिरा दे सकती हैं।

यह उनके धीरज को पस्त कर देता है। यह उन्हें संवेगात्मक निर्णय की तरफ धकेल देता है। बरसात, हवा और कीटों से बर्बाद होने वाली फसलों के बारे में हम क्या कारण या तर्क दे सकते हैं? किसान प्रकृति की अनियमितता पर केवल प्रतिक्रिया दे सकता है, वह उन पर नियंत्रण नहीं कर सकता। यह एक अंतहीन युद्ध है, जहां केवल तभी राहत मिल सकती है, जब प्रकृति किसानों पर दयावान हो। जब यह नहीं होती, और कर्ज का चक्र उसे जकड़ लेता है, ऐसे में किसान खेती-बाड़ी जारी रखने के लिए किसी सरकारी व्यवस्था से आवश्यक समर्थन के अभाव में टूट-बिखर जाता है, फिर आत्महत्या कर लेता है।

किसानों के जीवन और वेतनभोगी व्यक्ति या व्यापारी के जीवन में बड़ा अंतर है। नौकरीपेशा व्यक्तियों को पगार एक नियमित अंतराल पर आ जाती है, इससे रिकवरी हफ्तों में या कुछ महीनों में हो जाती है। लेकिन किसानों को बकाया चुकाने के लिए पूरा सीजन (यह कम से कम लगातार 6 महीने का होता है) इंतजार करना पड़ता है और वह भी प्रकृति की दया पर निर्भर करता है। ऐसे में आढ़तिये इस व्यवस्था की केंद्रीय धुरी बन गए हैं, क्योंकि सरकार अपनी नासमझी से किसानों को सही सहायता देने तथा उनकी ज़रूरतों को पूरी करने में विफल हो गई है।

जहां उनकी ये आवश्यकताएं पूरी नहीं होती हैं और किसान इसकी जद्दोजहद में जैसे ही फेल जाते होते हैं, उनकी तस्वीरें बैंकों की दीवारों पर चस्पां कर दी जाती हैं गोया वे कोई अपराधी हों। उनके घर रिकवरी एजेंट को भेज कर उन्हें धमकियां दी जाती हैं, पुलिस और कानूनी मशीनरी भी इसमें शामिल हो जाती हैं और इस तरह से उन्हें व्यापक रूप से सार्वजनिक शर्मिंदगी उठानी पड़ती है,जो फिर उन्हें खुदकुशी की तरफ धकेल देती है।

मंडियों में आढ़तियों के साथ अपनी बातचीत और उनसे इंटरव्यू के दौरान मैंने यह जाना कि इनमें कई सारे महज आढ़तिये का ही काम करते हैं। इनमें से कुछ आढ़तिये पहले काफी हिंसक प्रतीत होते थे। वे पहले हिंदू बनिया और हिंदू-सिख खत्री थे, उन्हें भूमि अर्जित करने और उस पर खेती करने में कोई दिलचस्पी नहीं थी। वे ताकतवर थे, उन्हें जट्ट कहा जाता था, किंतु किसानों के साथ उनका यह एक सहजीवी संबंध था।

विगत दो दशकों में आढ़तियों की जनसांख्यिकी में एक बदलाव आया है।

अर्थशास्त्री प्रोफेसर सुखपाल की तरफ से कुछ साल पहले किए गए शोध के निष्कर्षों के मुताबिक आज के जट्ट एक चौथाई से ज्यादा आढ़तिये हैं। मेरे मोटे अनुमान के मुताबिक उनकी तादाद कुल आढ़तियों का एक तिहाई है।

जट्ट आढ़तिये यह मान कर चलते हैं कि किसान अपनी जातिगत पृष्ठभूमि के चलते काफी खुशहाल हैं, जबकि उनमें से कइयों का किसानों के साथ सहजीवी संबंध है और कुछ के संबंध ऐसे नहीं हैं। इसीलिए कर्ज न चुकाने वाले किसानों की कुर्की और उनके अन्य तरह के शोषण के मामले सामने आते हैं। पूर्व के आढ़तियों की तुलना में जट्ट आढ़तिये खेती करने में ज्यादा सक्षम हैं। इसलिए उन्हें इसको हासिल करने में कोई हिचक नहीं है।

भूमि की कीमतों में आया उछाल इसका एक दूसरा कारण है। एक सरल तथ्य है कि खेती करने के बजाय अपने पास भूमि का होना ज्यादा लुभावना है। इसके अन्य कारण राज्य की नीतियों का व्यापक संदर्भ में विफल हो जाना ही नहीं हैं बल्कि भ्रष्टाचार और उसके राजनीतिक संरक्षण से निपटने का भी मामला है, जो पिछले कुछ दशकों में काफी बढ़ गया है।

जिन आढ़तियों से मैं मिला, उन्होंने मुझे यह कहानी सुनाई की कि किस तरह से भ्रष्टाचार और राजनीति की तरफ से आई पैसे की मांग ने इस प्रणाली को चौपट कर दिया है। इनमें से एक ने बताया, 'एक इंस्पेक्टर अनाज का दाम तय करता है और हमसे पैसे की मांग करता है। वह 50 किलो अनाज की एक बोरी पर हमसे एक रुपया लेता है। अगर आपकी दुकान पर 30,000 बोरी अनाज है, तो वह इसके लिए आपसे 30,000 रुपये की मांग करेगा।'

'किंतु यह उनका पॉकेटमनी तो नहीं हो सकता?'

'इन्कम टैक्स ऑफिसर पैसे मांगता है, सेल्स टैक्स ऑफिसर पैसे मांगता है . . . राजनीतिक नेताओं को भली-भांति मालूम है कि यह व्यवस्था कैसे चल रही है।'

'क्या राजनीतिक नेता भी पैसे ले रहे हैं?' मैंने पूछा, तो जो जवाब मिला उससे मैं चकित रह गया।

'हां, निश्चित रूप से।'

'कैसे?'

'जिला स्तर पर खाद्यान्न के शुल्क के रूप में जिलाधिकारियों से पैसे लेते हैं। डीएम

यह पैसा स्थानीय विधायकों और मंत्रियों को भेज देते हैं।'

'वे अफसर अवश्य ही अपनी पोस्टिंग के लिए घूस देते होंगे?'

'हां। हमने सुना है कि पोस्टिंग के लिए 50,00,000 रुपये तक की घूस दी जाती है। सारा सिस्टम गड़बड़ हो गया है। ऐसे में अगर कोई कहता है कि किसान केवल आढ़तियों के कारण खुदकुशी कर रहे हैं, तो यह झूठ है।'

अधिकतर आढ़तिये या तो अकाली दल के समर्थक हैं या कांग्रेस-समर्थक। इनमें से कोई एक जब सत्ता में आते हैं तो वे दूसरे समूह के लोगों पर किसानों के साथ बुरा व्यवहार करने की तोहमत थोपते हैं। लेकिन वास्तविकता यह है कि सारी प्रक्रिया ही गड़बड़ हो गई है और कानून-निर्माताओं के फैसलों पर इन आढ़तियों का काफी दखल होता है।

2013 में सरकार ने निर्णय किया कि कृषि उत्पाद विपणन कमेटी (एजीपीएमसी) बिचौलियों को किनारे करने में मदद करेगी और किसान अपने उत्पाद सीधे विक्रेताओं को बेचेंगे। हालांकि इस सुधार को कभी लागू नहीं किया गया क्योंकि सरकार कृषि उत्पाद विपणन कमेटी अधिनियम में कोई बदलाव नहीं लाना चाहती थी, जिसके तहत उन सुधारों को लागू किया जाना था।

उसी साल जब सरकार ने कमीशन एजेंटों के पर कुतरने के लिए कॉन्ट्रैक्ट फार्मिंग एक्ट को लागू करने का निर्णय किया, तो यह कानून धरातल पर किसी महत्वपूर्ण बदलाव का वाहक नहीं बना बल्कि इसने किसानों से सीधी खरीद करने में निजी सुपर मार्केट की ही काफी मदद की।

किसी की भी यह इच्छा नहीं हो सकती कि आढ़तिये इस व्यवस्था से दूर हो जाएं। भारत के वैविध्यपूर्ण विपणन प्रणाली में उनके समंजन के रास्ते तलाशने होंगे। आधुनिक बैंक, यहां तक कि सहकारिता बैंक भी, काफ्केस्क प्रक्रियाओं के फॉर्म्स और गारंटी के साथ भी, स्थानीय आढ़तियों की कार्य-निष्पादन सक्षमता के आसपास नहीं ठहरते। असल सवाल है : अगर किसानों और बाजारों के बीच आढ़तियों का इतना महत्वपूर्ण संपर्क है तो फिर हरित क्रांति और सूबा बनने के आधे दशक बीतने के बाद किसानों और आढ़तियों दोनों के लिए भी पंजाब में एक उत्पादक वातावरण बनाने और उसे लागू करने की दिशा में काम क्यों नहीं किया गया?

दिल्ली आते समय रुद्रपुर में रोके गए तराई के किसान / तेजिंदर सिंह विर्क

शाहजहाँपुर बॉर्डर पर महिलाओं का एक जत्था / रौनक छाबड़ा

कार्टूनिस्टः इरफ़ान

कार्टूनिस्टः इरफ़ान

सुबोध वर्मा

भारत बंद : पूरा देश किसानों के साथ

इतिहास के बारे में एक प्रसिद्ध कहावत है कि ऐसा वक़्त भी होता है, जब बिना कुछ हुए वर्षों बीत जाते हैं, फिर वर्षों के बीत जाने के बाद ऐसे सप्ताह आते हैं जब सब कुछ हो जाता है। कुछ समय पहले भारत में ऐसा ही हुआ है।

राजधानी दिल्ली में प्रवेश करने वाले सभी प्रमुख राजमार्गों पर हज़ारों किसान डेरा डाले बैठे हुए हैं, देश भर में हजारों अन्य लोगों ने इस आंदोलन के प्रति एकजुटता दिखाई है, श्रमिक और कर्मचारी समर्थन में सामने आए हैं, और यहां तक कि मध्यम वर्ग भी हिल गया है और हड़कंप मच गया है।

प्रधानमंत्री नरेंद्र मोदी, गृह मंत्री अमित शाह और उनके सलाहकारों ने जो कल्पना की थी, बात उससे कहीं आगे निकल गई है। किसानों ने 8 दिसंबर को भारत बंद या आम हड़ताल का आह्वान किया था। उन्हें सैकड़ों संगठनों की तरफ से समर्थन मिला, जिसमें 10 केंद्रीय ट्रेड यूनियनों सहित किसानों और समाज के अन्य वर्गों के संगठन शामिल थे।

पिछले कुछ दिनों में, 18 से अधिक राजनीतिक दलों ने अपने मजबूत क्षेत्रीय आधारों के साथ, किसानों के आहवान का खुलकर समर्थन किया है।

कई गड़बड़ियाँ

इस सबकी शुरुआत 26-27 नवंबर को एक दिवसीय औद्योगिक हड़ताल के

समर्थन में होने वाले 'दिल्ली चलो' मार्च से हुई थी। रिपोर्ट के मुताबिक इस हड़ताल में करोड़ों मज़दूरों ने भाग लिया था। सरकार ने फैसला किया कि वह पुलिस और अर्धसैनिक बलों का इस्तेमाल करके इस काफ़िले को रोक देगी और मज़दूरों और किसानों के आंदोलन को नाकाम कर देगी। उसकी धारणा गलत साबित हुई। पूरे देश मे जैसे प्रदर्शनकारियों की बाढ़ आ गई और गुस्से की लहर दौड़ गई।

न केवल किसानों ने सौ किलोमीटर से अधिक रास्ते में कुछ नौ बैरिकेड्स को तोड़ दिया जिसमें उन्हें आँसू गैस के गोलों, कंक्रीट ब्लॉक और शिपिंग कंटेनरों से बने ठोस पुलिस बैरिकेड्स का सामना करना पड़ा था। इन किसानों के जज्बे से प्रेरित होकर कृषकों के अन्य तबके भी आंदोलन में शामिल हो गए। सरकार थोड़ा झुकी और किसान नेताओं को बातचीत का न्यौता देते हुए सीमाओं पर डटे रहने की अनुमति दे दी। लेकिन इस तरह की 'वार्ता' के लिए हुई कई बैठकों के बाद पता चला कि इनका कोई फायदा नहीं था: किसान क़ानूनों को रद्द करवाना चाहते हैं; जबकि सरकार उनसे कुछ संशोधन के वादे पेश कर रही थी।

प्रधानमंत्री के रूप में छह साल के कार्यकाल में केवल एक बार ही नरेंद्र मोदी को लोकप्रिय आंदोलन के सामने झुकने पर मजबूर होना पड़ा था। ऐसा 2015 में हुआ था जब किसानों ने बड़े पैमाने पर भूमि अधिग्रहण अध्यादेश के विरोध में आंदोलन किया था और उसे तुरंत ही वापस ले लिया गया था। उसके बाद, मोदी फिर से एक और चुनाव जीत गए, और उन्होंने कई दूरगामी बदलाव किए जिसने बड़े और लंबे चलने वाले आंदोलनों को प्रेरित किया, लेकिन सरकार पीछे नहीं हटी। यह चतुराई या ताकत का संकेत नहीं है – बल्कि यह घमंड है। लेकिन ऐसा लग रहा है कि मानो अब इसे सही टक्कर मिली है।

कृषि नीति के मामले में बड़ी भूल

जब से नरेंद्र मोदी सत्ता में आए हैं, तब से ही उनकी सरकार किसानों के साथ लुका-छिपी का खेल खेल रही है। किसानों की गिरती आय और बढ़ते कर्ज, आत्महत्याएँ, खेत-मज़दूरों की मजदूरी में वृद्धि न होना, पारिस्थितिक तनाव और नौकरियों के लिए कोई औद्योगिक विकल्प नहीं होने की वजह से गहरा कृषि संकट और असंतोष पैदा हो गया है। लेकिन शायद चुनावी सफलता या फिर स्थिति को

समझने की खतरनाक अक्षमता से बौखलाई मोदी सरकार ने इधर-उधर हाथ मारना शुरू किया, कुछ योजनाएं शुरू कीं और जरूरत पड़ने पर संख्याओं को ठीक करना जारी रखा। लेकिन यह लीपा-पोती भी लंबे समय तक नहीं चली।

तीन कृषि संबंधी क़ानून, जून महीने में अध्यादेश के रूप में पैदा हुए थे (जब महामारी की शुरुआत हो रही थी और विरोध की आशंका कम थी)। उन्हें सितंबर में संसद में मनमाने तरीके से पूर्ण क़ानूनों में बदल दिया गया था। किसानों ने इसका तुरंत विरोध किया। विशेष रूप से पंजाब में यह विरोध तेज़ था। लेकिन सरकार का घमंड कुछ ऐसा था कि उसने सोचा कि वह इसे भी अन्य चुनौतियों की तरह सँभाल लेगी। उसने कई श्रम संहिताएं भी पारित कीं, जिन्होंने मौजूदा सुरक्षा क़ानूनों को ध्वस्त कर दिया, श्रमिकों और कर्मचारियों को मालिकों की दया पर छोड़ दिया।

कृषि-क़ानूनों के साथ, खेती से लेकर उपज की बिक्री-खरीद तक, यहां तक कि भंडारण और मूल्य निर्धारण तक सब कुछ पर यानी मौजूदा कृषि प्रणाली पर एक साथ हथौड़ा चला दिया गया। ऐसा नहीं है कि मौजूदा प्रणाली सही थी, लेकिन कम से कम सरकार द्वारा असहाय किसानों से सरकार द्वारा खरीदे जाने वाले कृषि उत्पादों के मामले में कुछ न्यूनतम समर्थन मूल्य के रूप में सरकारी सब्सिडी सुनिश्चित थी, जिसे सरकार सार्वजनिक वितरण प्रणाली में इस्तेमाल करती है। सभी उत्पाद यदि निजी व्यापारियों के पास जाएंगे, तो इससे कई समस्याएं पैदा होंगी। इससे सरकारी खरीद में कमी होगी। निजी व्यापारी यह निर्धारित करने लगेंगे कि क्या खेती की जानी है (अनुबंध खेती के माध्यम से)। इसके साथ खाद्य वस्तुओं की जमाखोरी को बढ़ावा मिलेगा और यहां तक कि उनके द्वारा भंडारण किए गए उत्पाद की बिक्री के लिए कीमतें तय करने का लाइसेंस भी धन्नासेठों के पास होगा।

कृषि-क़ानूनों को वापस लेना ही है समाधान

ऐसे देश में जहां 80 प्रतिशत से अधिक किसान छोटे और सीमांत हैं, सरकार का खेती से पीछे हटना और कॉरपोरेट शार्क को प्रवेश देना घातक होगा। किसानों ने सहज रूप से इस खतरे को भांप लिया हैं। वे जान गए हैं कि इससे उन्हें अपनी ज़मीन इन शार्कों के हाथों खोनी पड़ेगी।

यह वह पड़ाव है जहां मोदी और उनके सलाहकार गंभीर रूप से गलत हो गए हैं।

यह वह पड़ाव है जहाँ उनकी समझ खेती और भारतीय किसान के बारे में गलत हो गई है। उन्होंने सोचा था कि वे किसी भी तरह के क़ानून को पारित कर सकते हैं, विरोध प्रदर्शन को बेअसर कर सकते हैं और अंत में बड़ी पूंजी के नायक बन कर उभर सकते हैं। रिटेल चेन और एग्रो-प्रोसेसिंग में बड़े पैमाने पर निवेश करने वालों ने मोदी सरकार पर ये कदम उठाने के लिए दबाव बनाया था, और हम सभी जानते हैं कि वर्तमान सरकार के प्रति उनका आकर्षण कितना अपरिवर्तनीय है। इसलिए, मोदी सरकार ने खुद को एक कोने में लाकर खड़ा कर लिया है, जहां अब कोई रास्ता नहीं बचा है।

मोदी की कल्पना से परे, किसानों का आंदोलन अधिक लचीला, व्यापक और बेहतरीन आंदोलन निकला। कृषि-क़ानूनों को सार्वभौमिक रूप से कॉरपोरेट्स द्वारा भूमि हड़पने और किसानों को मज़दूरों में बदलने के प्रयासों के रूप में देखा जा रहा है। उपभोक्ताओं को डर है कि आवश्यक खाद्य पदार्थों की कीमतें आसमान छू जाएंगी। जो सब्सिडी वाले खाद्यान्न पर निर्भर हैं, उन्हें डर है कि सिस्टम ध्वस्त हो जाएगा।

विक्रम सिंह

आंदोलन का अहम हिस्सा हैं खेत मज़दूर

खेत-मज़दूर शुरू से ही इस आंदोलन में शामिल रहे हैं। वैसे यह कई लोगों के लिए आश्चर्य की बात हो सकती है क्योंकि सामान्य धारणा के अनुसार किसानों और खेत-मज़दूरों के बीच कई विरोधाभास मौजूद हैं। यह बात कुछ हद तक सही भी है। हाल ही में पंजाब और हरियाणा में विरोधाभास तब उभरे, जब धान रोपण के लिए मज़दूरी दरों की बात आई। यदि कोई दिल्ली की सीमाओं पर प्रदर्शन स्थलों का दौरा करे, तो वहाँ बड़ी संख्या में खेत-मज़दूर भाग लेते नज़र आएँगे। इस एकता का आधार समाज के इस वर्ग पर इन तीन क़ानूनों का पड़ने वाला दुष्प्रभाव है। तीन कृषि-क़ानूनों और बिजली संशोधन बिल पर तत्काल चर्चा की जरूरत है, क्योंकि ये क़ानून भारत के 14,43,29,833 (जनगणना 2011 के अनुसार) खेत-मज़दूरों के जीवन को बदल देंगे।

काम में कमी

जैसा कि स्पष्ट है इन तीन क़ानूनों के लागू होने से कृषि क्षेत में सरकार का समर्थन और कम हो जाएगा। किसानों को कृषि सामग्री जैसे बीज, उर्वरक आदि की खरीद में सहायता नहीं दी जाएगी। क़ानून को लाने के प्रमुख कारणों में से ये एक है। तब सरकार की प्राथमिकता अनुबंध यानी ठेकेदारी की खेती पर अधिक से अधिक होगी। आम तौर पर अनुबंध खेती बड़े किसानों के लिए तो ठीक है, लेकिन किसी भी किस्म

की सरकारी सहायता के अभाव में मध्यम और छोटे किसानों पर भी जमीन को अनुबंध पर देने का दबाव होगा। इसका सीधा असर खेत-मज़दूरों पर पड़ेगा। कृषि के निगमीकरण/कॉर्पोरेटीकरण से अधिक मशीनीकरण होगा, जिससे खेत-मज़दूरों के लिए काम के दिन कम हो जाएंगे। अनुबंध खेती में, निजी कंपनी/कॉर्पोरेट की पहली और सबसे बड़ी प्राथमिकता लाभ को बढ़ाने की होगी और यह सब मज़दूरों की आय को कम करके किया जाएगा। इसलिए, बड़ी मशीनों का इस्तेमाल किया जाएगा, जो बड़ी संख्या में खेत-मज़दूरों को उनके काम से विस्थापित कर देंगी।

अधिक से अधिक अनुबंध खेती की वजह से कृषि व्यवसाय से जुड़े बड़े घराने मज़दूर आधारित कृषि के काम को उन फसलों में स्थानांतरित कर देंगे जहां कम श्रम की आवश्यकता होगी। उदाहरण के लिए धान की खेती, जहां अधिक मैनुअल श्रम की जरूरत होती है। जब धान की जगह किसी अन्य फसल को बोया जाएगा तो खेत-मज़दूरों को बड़ी संख्या में काम से विस्थापित किया जाएगा। बड़े पैमाने पर कृषि परिवारों से आने वाले काश्तकार भी सीधे तौर पर इससे प्रभावित होंगे। कॉन्ट्रैक्ट फार्मिंग या अनुबंध खेती के बाद, उनके पास किसी भी किस्म की भूमि तक पहुंच नहीं होगी क्योंकि उन पर बड़े कॉर्पोरेट्स का एकाधिकार होगा और वे केवल भूमि मालिकों (उत्पादकों) के साथ सीधे अनुबंध करेंगे।

न्यूनतम वेतन/मज़दूरी

न्यूनतम मज़दूरी एक ऐसा सवाल है, जहां किसान और खेत-मज़दूरों को आम तौर पर दो विपरीत दिशाओं में देखा जा सकता है। लेकिन खेत-मंज़दूरों ने अपने अनुभव से सीखा है कि न्यूनतम मज़दूरी का सवाल सीधे न्यूनतम समर्थन मूल्य से जुड़ा है। स्वामीनाथन आयोग द्वारा प्रस्तावित न्यूनतम समर्थन मूल्य या एमएसपी, जिसे उत्पादन की व्यापक लागत के रूप में जाना जाता है और इसे सी2+50 फार्मूले से मापा जाता है, में सभी प्रकार के श्रम इनपुट शामिल हैं। हमारा मानना है कि इसकी गणना करते वक़्त, सरकार को न्यूनतम मज़दूरी की दर यानी खेत-मज़दूरों की लागत को शामिल करना चाहिए – कम से कम सरकार द्वारा घोषित न्यूनतम मज़दूरी में इसकी जरूरत है। अब तक, जो किसान एमएसपी का लाभ नहीं उठा पाए हैं और दयनीय स्थिति में हैं, वे खेत-मज़दूरों को न्यूनतम मज़दूरी देने की स्थिति में नहीं हैं।

सरकार के दावों के विपरीत क़ानून में एमएसपी की कोई गारंटी नहीं है और ये क़ानून कृषि व्यापार को इस तरह बदल देंगे कि एमएसपी पर फसलों की खरीद न्यूनतम हो जाएगी यानी बाज़ार एक अनिश्चितता के घेरे में आ जाएगा।

इस अनिश्चितता भरे वातावरण में किसान अपनी फसलों की लागत का अनुमान लगाने की स्थिति में नहीं होंगे और इसलिए वे नुकसान से बचने के लिए मज़दूरी को कम करके खेती की लागत को बचाने की कोशिश करेंगे। जब किसानों को उनकी फसलों की सही एमएसपी मिलेगी तो न्यूनतम मज़दूरी के संघर्ष को बल मिलेगा। इसलिए एमएसपी के लिए किसानों का संघर्ष और एमएसपी पर कृषि उपज की खरीद, न्यूनतम मज़दूरी के संघर्ष से अलग नहीं है।

पीडीएस और खाद्य सुरक्षा

सीमित आय स्रोतों और भूमि के स्वामित्व तथा संसाधनों के बिना अधिकांश खेत-मज़दूर सरकारी सामाजिक कल्याण की योजनाओं पर निर्भर हैं। इसलिए सार्वजनिक वितरण प्रणाली (पीडीएस) सरकार की सभी सामाजिक कल्याण योजनाओं में से एक बड़ी केंद्रीय योजना है।

नव उदारवादी आर्थिक नीतियों को लागू करने से पीडीएस सहित अन्य सामाजिक कल्याण की योजनाओं के दायरे को लगातार कम किया जा रहा है। नव उदारवादी निज़ाम के पिछले 25 वर्षों के अनुभव ने बताया है कि इन नीतियों ने जनसाधारण पर घातक हमला किया है, खासकर ग्रामीण खेत-मज़दूरों पर। यूनिवर्सल पब्लिक डिस्ट्रीब्यूशन सिस्टम को पहले ही एक लक्षित कार्यक्रम में बदल दिया गया है मतलब लाखों परिवारों को सरकारी सहायता से दूर कर दिया गया है। भारतीय जनता पार्टी की अगुआई वाली केंद्र सरकार और उसके आईटी तंत्र के लंबे दावों के बावजूद भविष्य में खाद्यान्नों की खरीद पर क्या प्रभाव पड़ेगा, इस बारे में जनता के बीच स्पष्टता है। कई प्रमुख अखबार अपने लेखों में नव उदारवादी नीति के साये में तैयार इन क़ानूनों के समर्थन में दलील दे रहे हैं और कह रहे हैं कि उन्हें वापस लेने का मतलब है कि ऐसे ही क़ानूनों को रोकना, जो सरकार और उनके कॉर्पोरेट लॉबिस्टों की सूची में हैं। सरकारी बाजार की (एपीएमसी अधिनियम के कमजोर पड़ने पर) अनुपस्थिति में निजी खरीद को बढ़ावा मिलेगा और सरकारी खरीद में कमी आएगी – जो राष्ट्रीय

खाद्य सुरक्षा के लिए खतरा है और सीधे पीडीएस को भी प्रभावित करता है, जो सभी को भोजन सुनिश्चित करने का एक महत्वपूर्ण पहलू है।

सरकार द्वारा कम खरीद किए जाने पर सरकार के गोदामों में खाद्यान्न की उपलब्धता कम हो जाएगी। इन हालात में, पीडीएस में खाद्यान्न के लिए नकद (प्रत्यक्ष लाभ हस्तांतरण के माध्यम से) की वकालत तेज़ हो जाएगी। पहले से ही, विश्व व्यापार संगठन और अंतर्राष्ट्रीय मुद्रा कोष (आईएमएफ) के नेतृत्व में विभिन्न अंतर्राष्ट्रीय एजेंसियाँ भारत में पीडीएस को बदलने और इसके लिए सब्सिडी कम करने का दबाव बढ़ा रही हैं। भारत में कुछ राज्यों में बहुप्रचारित प्रणाली (खाद्यान्न के लिए नकद हस्तांतरण) का प्रयोग विफल हो चुका है। पीडीएस ग्रामीण गरीबों के लिए बहुत महत्वपूर्ण है क्योंकि यह सस्ती कीमतों पर अनाज वितरण और आपातकालीन स्थितियों के प्रबंधन की बेहतरीन प्रणाली है। खेत-मज़दूर जो अधिकांश समाज के वंचित वर्गों से हैं, पीडीएस के बर्बाद होने के पहले शिकार होंगे।

भूमि का सवाल

कृषि के कॉर्पोरेटीकरण से भूमि का सवाल नया आयाम ले लेगा। किसानों के पास पहले से ही बड़ी कंपनियों के हाथों अपनी जमीन खोने को लेकर मजबूत आशंकाएं हैं। अगर हम इस संशय को नहीं मानते हैं, तब भी, कृषि में बड़े कॉर्पोरेट्स के विशाल पैमाने पर प्रवेश से एक नया आयाम पैदा होगा और यह उन लाखों भूमिहीन कृषि श्रमिकों की आशाओं के लिए हानिकारक होगा जो अभी भी अपनी हिस्से की जमीन का इंतजार कर रहे हैं। गांवों में खेत-मज़दूरों को उनके अधिकारों से वंचित करने का यह सबसे प्रभावी तरीका है, जो हक़ उन्हें आज़ादी के आंदोलन से मिला था। पिछले 20 वर्षों में भूमि सुधारों का उलटा होना और भी बदतर हुआ है; इस दौरान ग्रामीण इलाकों में भूमिहीन परिवारों (0.01 हेक्टेयर से कम भूमि वाले) की संख्या 35 से बढ़कर 49 प्रतिशत हो गई है। हालात इतने खराब है कि इनमें 58 प्रतिशत भूमिहीन दलित हैं।

भूमि के हक़ को लेकर विभिन्न संघर्ष चल रहे हैं जहाँ भूमिहीन कृषि श्रमिकों को सरकारी अधिकारियों, वन अधिकारियों, जमींदारों या वन माफिया की मार को झेलना पड़ रहा है। लेकिन कृषि में कॉर्पोरेट्स के आने से संघर्ष कॉर्पोरेट्स के खिलाफ होगा,

जो अधिक क्रूर और कठोर होगा। पंजाब जैसे कुछ राज्यों में, सरकारें पहले ही निजी कंपनियों को गाँव की सामान्य भूमि में दखल देने की अनुमति दे चुकी हैं, जिस ज़मीन को भूमिहीन ग्रामीण जनता के बीच वितरित किया जाना था।

यह एक ऐसा समय है जब भारत भारी बेरोजगारी और भूख का सामना कर रहा है और अंतर्राष्ट्रीय एजेंसियाँ भविष्य में भुखमरी के कारण होने वाली मौतों के बारे में चेतावनी दे रही हैं। सरकार को खेती की ज़रूरतों पर अधिक खर्च करने और संसाधनों को व्यापक रूप से विकसित करने की जरूरत है ताकि विस्तृत खरीद प्रणाली व एमएसपी को मज़बूत किया जा सके और कृषि क्षेत्र में खुशहाली लाई जा सके। इससे किसानों की आय में वृद्धि तो होगी साथ ही हमारी खाद्य सुरक्षा भी मजबूत होगी। लेकिन केंद्र सरकार, जो संकटों में अवसर देख रही है, वह कॉर्पोरेट और विदेशी पूंजी को आमंत्रित करने पर प्रतिबद्ध है और शोषण के लिए खुद के कृषि क्षेत्र को परोस रही है। यहाँ, दरिद्रता की पुरानी औपनिवेशिक प्रणाली को पुनर्जीवित करने की कोशिश की जा रही है।

खेत-मज़दूर इस ऐतिहासिक आंदोलन का महत्वपूर्ण अंग हैं और वे किसानों के साथ कंधे से कंधा मिलाकर सक्रिय रूप से इसमें भाग ले रहे हैं। खेत-मज़दूर दिल्ली की सीमाओं पर बड़ी तादाद में मौजूद हैं। यह एक ऐतिहासिक आंदोलन है, जो विभिन्न आर्थिक, सामाजिक और राजनीतिक पृष्ठभूमि के लोगों को एकजुट कर रहा है और लोगों को विभाजित करने वाली राष्ट्रीय स्वयंसेवक संघ और भाजपा की हिंदुत्व की राजनीति के खिलाफ लड़ाई में महत्वपूर्ण भूमिका निभा रहा है। संघर्ष का सार जीत होने तक लड़ाई जारी रखना है।

लेज़ली ज़ेवियर

खिलाड़ी भी खड़े हुए मोर्चे पर

भारतीय खेल जगत में सोमवार, 7 दिसंबर 2020 को एक ऐतिहासिक दिन के रूप में याद किया जाएगा, वह भी दो कारणों से।

इस दिन, बीजेपी सरकार द्वारा लाए गए कृषि क़ानूनों के ख़िलाफ़ प्रदर्शन कर रहे किसानों के समर्थन में पंजाब के दिग्गज खिलाड़ियों ने प्रेस क्लब ऑफ़ इंडिया से राष्ट्रपति भवन तक मार्च किया और उन्हें मिले पुरस्कारों को लौटाया, जिनमें अर्जुन पुरस्कार, द्रोणाचार्य पुरस्कार और ध्यानचंद पुरस्कार शामिल हैं। उनके साथ 35 पुरस्कार तो थे ही, साथ ही प्रदर्शनकारी किसानों का जज़्बा भी था। खिलाड़ियों ने खेल जगत के अपने लंबे सफ़र के चिह्नों को लौटाते हुए इस काम में अपनी भागीदारी ज़ाहिर की।

हालांकि उनके मार्च को अधिकारियों द्वारा रोका भी गया, इसके बावजूद सबने एक सुर में यही कहा कि यह 'काम', जो धीरे-धीरे एक देश्वयापी आंदोलन का रूप ले रहा है, किसी भी पुरस्कार से बड़ा है। हालांकि उन्हें यह नहीं पता कि उनके इस मार्च से भारतीय खेल जगत में एक दुर्लभ घटना हुई।

पूर्व या मौजूदा खिलाड़ी जब विरोध ज़ाहिर करते हैं, तो वह घटना अपने आप में दुर्लभ होती है, मगर जो उसके कुछ समय बाद हुआ, वह शायद कुछ ज़्यादा दुर्लभ है। ऐसा लगता है कि देश के खेल नायकों के इस मार्च ने इंडियन ओलंपिक एसोसिएशन को एकजुट कर दिया है। आईओए के प्रमुखों ने राष्ट्रीय खेल पुरस्कार की विकिपीडिया जैसी परिभाषा और किसान आंदोलन के बारे में ओछी समझ साझा करते हुए एक बयान जारी किया है। आईओए के अध्यक्ष नरिंदर बत्रा और सेक्रेटरी जनरल राजीव

मेहता द्वारा जारी किए गए बयान के मुताबिक़ किसान आंदोलन एक ऐसा मुद्दा है जो खेल पुरस्कारों से अलग है। इसका आक्षेप है – जो कि बयान में नहीं लिखा गया – कि खिलाड़ी दो मुद्दों को मिला रहे हैं, और उन्हें ऐसा नहीं करना चाहिए।

बयान में कहा गया है, 'राष्ट्रीय पुरस्कार भारत सरकार द्वारा खिलाड़ियों को उनके असाधारण प्रदर्शन के लिए दिए जाते हैं जब वे अंतरराष्ट्रीय खेल प्रतियोगिताओं में भारत का प्रतिनिधित्व कर रहे होते हैं। ये राष्ट्रीय पुरस्कार खिलाड़ियों को उनके देश के लिए किए प्रदर्शन को मान्यता देने के रूप में दिए जाते हैं।'

बयान में आगे कहा गया, 'आजकल खिलाड़ी किसान आंदोलन के समर्थन के प्रतीक के रूप में अपने राष्ट्रीय पुरस्कार वापस करने की घोषणा कर रहे हैं। राष्ट्रीय पुरस्कार और किसानों का मुद्दा दो अलग-अलग चीज़ें हैं। जबकि हम और हर भारतवासी किसानों से प्यार करते हैं और उनका समर्थन करते हैं और हम हमेशा अपने किसानों को ख़ुश देखना चाहते हैं क्योंकि वे हमारे देश के अन्नदाता हैं। सरकार और किसान नेता लगातार बातचीत कर रहे हैं और हम सबको उम्मीद है कि इसका जल्दी कोई समाधान निकलेगा।'

बयान में ग़लतियों को छोड़िये। यह असाधारण समय है। आईओए के अध्यक्ष और सेक्रेटरी जनरल द्वारा भावुक होकर बयान जारी करना ज़ाहिर तौर पर मुश्किल है। त्रुटियों से परे, यह बयान खोखला है, और बत्रा-मेहता के पूर्व आधिकारिक और अक्सर लीक हुई बयानों की तुलना में असाधारण भी है, जो कि हमने इस साल के मई और जून में देखा था।

इस सबसे ऊपर, यह बयान एक जल्दबाज़ी भी लगता है। शायद उनके पास आदेश थे। आदेश, यदि कोई थे भी तो वह राजनीतिकों से तो नहीं आए होंगे क्योंकि वह तो खेल के क्षेत्र में राजनैतिक प्रभाव साबित हो जाएगा। इससे अंतर्राष्ट्रीय ओलंपिक कमेटी से प्रतिबंध की नौबत आ सकती है, जिससे आईओए हमेशा दूरी बना कर रखता है। सोचिए कैसे?

हो सकता है कि यह निर्देश उसी स्रोत से आया हो, जहाँ से आईओए के मालिकों ने यह विचार किया कि किसानों के मुद्दों का देश में किसी भी चीज़ या किसी अन्य पर कोई प्रभाव नहीं है।

यह एक व्यापक समझ है जिसने 35 पूर्व खिलाड़ियों, अपने समय और क्षेत्र के

दिग्गजों को अपने पुरस्कार लौटाने तक पहुँचाया। उनको लगा कि यह एक छोटा सा त्याग है, और यह सबसे कम है जो वह कर सकते थे।

जब मार्च को कृषि भवन पर पुलिस द्वारा रोका गया था, तब 1978 और 1986 के एशियन गेम्स में स्वर्ण पदक विजेता करतार सिंह ने पत्रकारों से बात करते हुए कहा, 'किसानों ने हमेशा हमारा समर्थन किया है। हमें बुरा लगा जब हमारे किसान भाइयों पर लाठी-चार्ज किया गया, सड़कें रोकी गईं। किसान अपने अधिकारों के लिए कड़कती ठंड में सड़कों पर बैठे हुए हैं।'

करतार ने, जिन्होंने गुरमैल सिंह, राजबीर कौर और कुछ अन्य खिलाड़ियों के साथ मार्च का नेतृत्व किया, कहा, 'मैं सरकार से विनती करता हूँ कि वह इस बेरहम क़ानून को वापस ले।' उनके साथ कई अन्य खिलाड़ियों के पुरस्कार थे, जो अपनी बढ़ती उम्र और ख़राब सेहत की वजह से दिल्ली नहीं आ सके। उस सूची में भारतीय खेल इतिहास के कुछ बड़े नाम शामिल थे जैसे बास्केटबॉल के दिग्गज खिलाड़ी सज्जन सिंह चीमा, बीएस संधू, जयपाल सिंह और वेटलिफ़्टर तारा सिंह।

कृषि कानून को लेकर करतार सिंह ने कहा, 'जब सारे देश में कोरोना का डर भरा हुआ था, उन्होंने यह क़ानून दोनों सदनों में और राष्ट्रपति से पास करवा लिया।' उन्होंने सवाल किया, 'मैं मानता हूँ कि कृषि क़ानूनों में बदलाव की ज़रूरत है, मगर जब हमारे बच्चे ही ख़ुश नहीं हैं, तब सरकार की ज़िम्मेदारी उन्हें ख़ुश रखने की होनी चाहिए। सरकार किसानों को ज़बर्दस्ती इस विवादास्पद बिल को स्वीकार करने पर ज़ोर क्यों दे रही है?'

इसी दौरान, बीजिंग ओलंपिक कांस्य पदक विजेता विजेंदर सिंह ने पत्रकारों से कहा, 'मैंने पंजाब में ट्रेनिंग की है, वहाँ की रोटी खाई है। किसान कड़कड़ाती ठंड में विरोध कर रहे हैं। मैं एक बेटे और भाई के तौर पर यहाँ आया हूँ। हरियाणा के और खिलाड़ी भी आना चाहते थे मगर वे सरकारी नौकरियों में हैं और उन्हें नकारात्मक प्रतिक्रिया का डर है। मैं उनके साथ लगातार संपर्क में हूँ, और वे हमारे किसानों के साथ हैं।'

लगता है, आईओए को इन खिलाड़ियों के महत्व का अनुमान नहीं है। इन दिग्गज खिलाड़ियों के मैदान पर प्रदर्शन की वजह से ही आईओए जैसी संस्था बनी है और आज भी इतनी महत्वपूर्ण बनी हुई कि मन मुताबिक़ बयान जारी कर रही है। वह

खेल और किसान संघर्ष का सीधा संबंध स्थापित करने में असमर्थ हैं। आईओए को बिल्कुल समझ में नहीं आया है कि किसानों के आंदोलन का देश के भविष्य पर, खाद्य सुरक्षा और स्थिरता पर क्या परिणाम होगा।

पी. साईनाथ

सिर्फ़ किसानों पर नहीं, सारे नागरिकों पर हमला

'इस अधिनियम के तहत या इसके अंतर्गत बनाए गए किसी भी नियम या आदेश के अनुसार नेकनीयती से की गई या की जाने वाली किसी भी चीज़ के संबंध में केंद्र सरकार या राज्य सरकार, या केंद्र सरकार या राज्य सरकार के किसी अधिकारी या किसी अन्य व्यक्ति के ख़िलाफ़ कोई भी मुक़दमा, अभियोजन या अन्य संवैधानिक कार्यवाही विचार करने योग्य नहीं होगी।'

कृषक उपज व्यापार एवं वाणिज्य (संवर्धन और सरलीकरण) अधिनियम, 2020 के खंड 13 में आपका स्वागत है (जिसका उद्देश्य एपीएमसी के नाम से प्रसिद्ध कृषि उत्पादन विपणन समितियों को कमज़ोर करना है)।

और आपने सोचा कि नए क़ानून केवल किसानों के बारे में हैं? निश्चित रूप से, ऐसे अन्य क़ानून भी हैं जो जनसेवकों को अपने संवैधानिक कर्तव्यों को पूरा करने में अभियोजन से दूर रखते हैं। लेकिन यह उन सभी में सबसे ऊपर है। 'नेकनीयती से' कुछ भी करने के संबंध में उन सभी को दी गई प्रतिरक्षा, बहुत ही प्रभावी है। न सिर्फ़ यह कि अगर वे 'नेकनीयती से' कोई अपराध करें, तो उन्हें अदालतों में नहीं घसीटा जा सकता है – बल्कि उन्हें उन अपराधों के ख़िलाफ़ संवैधानिक कार्रवाई से भी संरक्षित रखा गया है, जिसे (ज़ाहिर है 'नेकनीयती से') उन्होंने अभी तक अंजाम नहीं दिया है।

यदि आप इस बिंदु से चूक गए हैं तो दोबारा ध्यान दें – कि आपके लिए न्यायालयों में कोई संवैधानिक उपचार नहीं है – खंड 15 में कहा गया है।

'किसी भी सिविल कोर्ट के पास इस अधिनियम द्वारा या इसके अंतर्गत या इसके अनुसार बनाए गए नियमों के तहत अधिकृत प्राधिकारी के संबंध में ऐसे किसी भी मुक़दमे या कार्यवाही पर विचार करने का अधिकार नहीं होगा, जिसका संज्ञान उसके द्वारा लिया जा सकता है या जिसका निपटारा किया जा सकता है।'

'नेकनीयती से' चीज़ें करने वाला 'कोई अन्य व्यक्ति' कौन है, जिसे क़ानूनी रूप से चुनौती नहीं दी जा सकती है? संकेत: उन कॉरपोरेट दिग्गजों के नाम सुनने की कोशिश करें जो विरोध करने वाले किसानों द्वारा पुकारे जा रहे हैं। यह व्यवसाय की आसानी के बारे में है – बहुत, बहुत बड़े व्यवसाय के बारे में।

'कोई मुक़दमा, अभियोजन या अन्य संवैधानिक कार्यवाही विचार करने योग्य नहीं होगी . . .।' यह सिर्फ़ किसान ही नहीं हैं, जो मुक़दमा नहीं कर सकते। कोई दूसरा भी नहीं कर सकता। यह जनहित याचिका पर भी लागू होता है। न ही गैर-लाभकारी समूह, या किसानों की यूनियन, या कोई भी नागरिक (अच्छी या ख़राब नीयत से) हस्तक्षेप कर सकता है।

ये निश्चित रूप से 1975-77 के आपातकाल (जब केवल सभी मौलिक अधिकारों को निलंबित कर दिया गया था) के बाद वाले किसी भी क़ानून में नागरिकों को व्यापक रूप से क़ानूनी अधिकार देने से मना करना है।

हर भारतीय प्रभावित है। इन क़ानूनों की क़ानूनी-शब्दावली (निम्न-स्तरीय) कार्यपालिका को भी न्यायपालिका में बदल रही है – न्यायाधीश, न्यायपीठ और जल्लाद में। यह किसानों और विशाल निगमों (कार्पोरेशन) के बीच सत्ता के पहले से ही अन्यायपूर्ण असंतुलन को भी बढ़ाता है।

दिल्ली की सतर्क बार काउंसिल ने प्रधानमंत्री नरेंद्र मोदी को लिखे पत्र में यह पूछा है: 'ऐसी कोई भी विधिक प्रक्रिया जिसके नागरिक परिणाम हो सकते हैं, प्रशासनिक एजेंसियों से जुड़े ढांचों, जिन्हें कार्यपालिका के अधिकारियों द्वारा नियंत्रित और संचालित किया जाता है, को कैसे सौंपी जा सकती है?'

(कार्यपालिका के अधिकारियों को, उप-प्रभागीय मजिस्ट्रेट और अतिरिक्त

जिला मजिस्ट्रेट पढ़ें – सभी अपनी स्वतंत्रता और नेकनीयती तथा नेक इरादे के लिए प्रसिद्ध हैं, जैसा कि हर भारतीय जानता है)। दिल्ली बार काउंसिल ने कार्यपालिका को न्यायिक शक्तियों के हस्तांतरण को 'ख़तरनाक और बड़ी भूल' बताया है। और क़ानूनी पेशे पर इसके प्रभाव के बारे में कहा है: 'यह विशेष रूप से जिला अदालतों को काफ़ी नुक़सान पहुंचाएगा और वकीलों को उखाड़ फेंकेगा।'

अभी भी आपको लगता है कि ये क़ानून केवल किसानों के बारे में हैं?

कार्यपालिका को न्यायिक शक्ति का इस प्रकार से और भी हस्तांतरण अनुबंध से संबंधित क़ानून – कृषक (सशक्तीकरण और संरक्षण) क़ीमत आश्वासन और कृषि सेवा पर क़रार अधिनियम, 2020 – में निहित है।

खंड 18 'नेकनीयती से' वाले तर्क को फिर से बयान करता है।

खंड 19 में कहा गया है: 'किसी भी सिविल न्यायालय को ऐसे किसी भी वाद के संबंध में कोई मुक़दमा या कार्यवाही का अधिकार नहीं होगा, जो कि उप-विभागीय प्राधिकरण या अपीलीय प्राधिकारी को इस अधिनियम द्वारा या इसके तहत प्राप्त है कि वह निर्णय करे और इस अधिनियम के द्वारा या इसके तहत या इसके अंतर्गत बनाए गए किसी भी नियम द्वारा दी गई किसी भी शक्ति के अनुसरण में की गई या की जाने वाली किसी भी कार्रवाई के संबंध में किसी न्यायालय या अन्य प्राधिकारी द्वारा कोई निषेधाज्ञा नहीं दी जाएगी [ज़ोर देकर कहा गया]।'

और ज़रा सोचिए कि भारतीय संविधान का अनुच्छेद 19 वाक् और अभिव्यक्ति की स्वतंत्रता, शांतिपूर्ण सम्मेलन, संचरण की स्वतंत्रता, संगम या संघ बनाने का अधिकार . . . के बारे में है।

इस कृषि क़ानून के खंड 19 का सार भारतीय संविधान के अनुच्छेद 32 पर भी प्रहार करता है, जो संवैधानिक उपचार (कानूनी कार्यवाही) के अधिकार की गारंटी देता है। अनुच्छेद 32 को संविधान की मूल संरचना का हिस्सा समझा जाता है।

'मुख्यधारा' का मीडिया (उन प्लैटफॉर्मों के लिए एक अजीब शब्द, जिनकी सामग्री में 70 प्रतिशत से अधिक आबादी शामिल नहीं है) निश्चित रूप से भारतीय लोकतंत्र पर नए कृषि क़ानूनों के इन प्रभावों से अनजान नहीं हो सकता है। लेकिन सार्वजनिक हित या लोकतांत्रिक सिद्धांतों की बजाय उनका पूरा ध्यान मुनाफ़ा कमाने में लगा हुआ है।

इसमें शामिल हितों के टकराव (बहुवचन में) के बारे में किसी भी भ्रम को दूर करें। ये मीडिया भी निगम हैं। सबसे बड़े भारतीय निगम का बिगबॉस देश का सबसे अमीर और सबसे बड़ा मीडिया मालिक भी है। 'अंबानी' उन नामों में से एक है, जिन्हें दिल्ली के द्वार पर मौजूद किसानों ने अपने नारों में लगाए हैं। अन्य जगहों, छोटे स्तरों पर भी, हम लंबे समय से फोर्थ एस्टेट (प्रेस) और रियल एस्टेट (स्थावर संपदा) के बीच अंतर नहीं कर सके हैं। 'मुख्यधारा' का मीडिया निगमों के हितों को नागरिकों के हितों (अकेले किसानों के नहीं) से ऊपर रखने के लिए दिलोजान से लगा हुआ है।

उनके अख़बारों में और चैनलों पर, राजनीतिक रिपोर्टों में (कुछ शानदार – और सामान्य – अपवादों के साथ) किसानों का दुष्प्रचार – अमीर किसान, केवल पंजाब से, ख़ालिस्तानी, पाखंडी, कांग्रेसी षड्यंत्रकारी इत्यादि – तेज़ और लगातार होता रहा है।

हालांकि, बड़े मीडिया के संपादकीय एक अलग रुख़ अपनाते हैं। मगरमच्छ की करुणा। दरअसल, सरकार को इसे बेहतर तरीक़े से संभालना चाहिए था। ज़ाहिर है, ये अधकचरी जानकारी रखने वाले गंवारों का समूह है जो देख नहीं सकता, लेकिन उसे सरकारी अर्थशास्त्रियों और प्रधानमंत्री की प्रतिभा को समझने लायक़ बनाया जाना चाहिए – जिन्होंने इस तरह के भलाई करने वाले और ध्यान रखने वाले क़ानून बनाए हैं, जो किसानों और बड़ी अर्थव्यवस्था के लिए भी महत्वपूर्ण हैं। ये कहने के बाद, वे ज़ोर देते हैं: ये क़ानून महत्वपूर्ण और आवश्यक हैं और इन्हें लागू किया जाना चाहिए।

इंडियन एक्सप्रेस के एक संपादकीय में कहा गया है,'इस पूरे प्रकरण में दोष सुधारों में नहीं, बल्कि जिस तरह से कृषि कानूनों को पारित किया गया, और सरकार की संचार की रणनीति, या इसकी कमी में है।' एक्सप्रेस को यह भी चिंता है कि इसे सही ढंग से नहीं संभालने से अन्य महान योजनाओं को चोट पहुंचेगी, जो तीन कृषि क़ानूनों की तरह ही 'भारतीय कृषि की वास्तविक क्षमता से लाभान्वित होने के लिए आवश्यक सुधार' हैं।

टाइम्स ऑफ इंडिया का अपने संपादकीय में कहना है कि सभी सरकारों के समक्ष प्राथमिक कार्य है 'किसानों में एमएसपी व्यवस्था के आसन्न हस्तांतरण की गलतफ़हमी को दूर करना।' आख़िरकार, 'केंद्र का सुधार पैकेज कृषि व्यापार में निजी भागीदारी को बेहतर बनाने का एक ईमानदार प्रयास है। कृषि आय दोगुनी करने की

उम्मीदें इन सुधारों की सफलता पर टिकी हुई हैं...' और इन जैसे सुधारों से 'भारत के खाद्य बाज़ार की हानिकारक विकृतियां भी ठीक होंगी।'

हिंदुस्तान टाइम्स के एक संपादकीय में कहा गया है, 'इस क़दम [नए क़ानूनों] का ठोस औचित्य है।' और 'किसानों को यह समझना होगा कि क़ानूनों की वास्तविकता नहीं बदलेगी।' यह भी संवेदनशील होने की रट लगाता है। किसानों के बारे में उसका मानना है कि वे 'अतिवादी-पहचान के मुद्दों से खेल रहे हैं' और अतिवादी सोच और कार्रवाई की वकालत करते हैं।

सरकार शायद इन सवालों से जूझ रही है कि किसान अनजाने में किन षड्यंत्रकारियों का प्रतिनिधित्व कर रहे हैं, किनके इशारे पर काम कर रहे हैं। संपादकीय लिखने वालों को यह बात स्पष्ट रूप से मालूम है कि वे किसका प्रतिनिधित्व करते हैं, इसलिए वे अपना पेट भरने वाले कॉर्पोरेट पंजे को काटना नहीं चाहते।

यहां तक कि उदारवादी और सबसे कम पक्षपाती टेलीविज़न चैनलों पर, जिन सवालों पर चर्चा होती है वे सवाल भी हमेशा सरकार और उसके बंदी विशेषज्ञों और बुद्धिजीवियों के ढांचे के भीतर होते हैं।

कभी भी इस जैसे प्रश्नों पर गंभीरता से ध्यान नहीं दिया जाता: अभी क्यों? और श्रम क़ानूनों को भी इतनी जल्दबाज़ी में क्यों पास किया गया? प्रधानमंत्री नरेंद्र मोदी ने पिछले चुनावों में भारी बहुमत से जीत हासिल की थी। उनके पास यह बहुमत कम से कम 2-3 साल और रहेगा। भारतीय जनता पार्टी की सरकार को यह क्यों लगा कि महामारी की चरम सीमा ही इन क़ानूनों को पास करने का एक अच्छा समय है – जबकि महामारी के दौरान हज़ारों अन्य चीज़ें हैं, जिन पर तत्काल ध्यान देने की ज़रूरत है?

उनका अनुमान यह था कि यही वह समय है, जब कोविड-19 से पस्त, महामारी से पीड़ित, किसान और मज़दूर किसी भी सार्थक तरीक़े से संगठित नहीं हो पाएंगे और विरोध नहीं कर पाएंगे। संक्षेप में, यह सिर्फ़ अच्छा ही नहीं बल्कि बेहतरीन समय था। इसमें उन्हें अपने विशेषज्ञों की मदद भी मिली, जिनमें से कुछ को इस स्थिति में 'एक दूसरा 1991 का क्षण' दिखाई दिया, उन्हें मौलिक सुधार करने, हौसला तोड़ने, संकट और अराजकता से फ़ायदा उठाने का मौक़ा मिल गया। और प्रमुख संपादकों ने शासन से 'अच्छे संकट को बर्बाद नहीं करने' की मांग की। और नीति आयोग के प्रमुख ने

घोषणा कर दी कि उन्हें भारत के 'कुछ ज़्यादा ही लोकतांत्रिक' होने से चिढ़ है।

और इस बेहद महत्वपूर्ण सवाल पर कि ये क़ानून असंवैधानिक हैं, सतही और असंवेदनशील टिप्पणी की जा रही है। केंद्र सरकार को यह अधिकार ही नहीं है कि वह राज्य सूची के विषय पर कोई क़ानून बनाए।

इन अख़बारों के संपादकीय में इस बात पर भी ज़्यादा चर्चा नहीं हो रही है कि किसानों ने इस मुद्दे को सुलझाने के लिए एक समिति गठन करने के सरकार के प्रस्ताव को इतनी अवमानना के साथ ख़ारिज क्यों कर दिया। देश भर का हर किसान अगर किसी समिति की रिपोर्ट को जानता और उसे लागू करने की मांग करता है, तो वह राष्ट्रीय किसान आयोग है – जिसे वे 'स्वामीनाथन रिपोर्ट' कहते हैं। कांग्रेस 2004 से और भाजपा 2014 से उस रिपोर्ट को लागू करने का वादा करते हुए उसे दफ़नाने के लिए एक-दूसरे से मुक़ाबला करने में लगी हुई है।

और, हां, नवंबर 2018 में 100,000 से अधिक किसान दिल्ली में संसद के पास इकट्ठा हुए थे और उस रिपोर्ट की प्रमुख सिफ़ारिशों को लागू करने की मांग की थी। उन्होंने क़र्ज़ माफ़ी, न्यूनतम समर्थन मूल्य की गारंटी, और कृषि संकट पर चर्चा करने के लिए संसद का विशेष सत्र बुलाने सहित कई अन्य मांगें की थीं। संक्षेप में, किसानों की उन बहुत सारी चीज़ों में से यही कुछ मांगें हैं, जो अब दिल्ली दरबार को चुनौती दे रही हैं। और वे केवल पंजाब ही नहीं, बल्कि 22 राज्यों और चार केंद्र शासित प्रदेशों से थे।

किसानों ने – एक कप चाय के रूप में सरकार की ओर से बहुत कुछ स्वीकार करने से इंकार करते हुए – हमें यह दिखाने की कोशिश की है कि सरकार ने उनके बारे में जो अनुमान लगाया था कि डर और हताशा के कारण वे एकजुट नहीं हो सकते, वह ग़लत था। वे अपने (और हमारे) अधिकारों के लिए पहले भी खड़े थे और आगे भी रहेंगे और अपने आपको बड़े जोखिम में डालकर इन क़ानूनों का विरोध करते रहेंगे।

उन्होंने बार-बार एक और बात भी कही है, जिसे 'मुख्यधारा' का मीडिया नज़रअंदाज़ कर रहा है। वे हमें चेतावनी देते रहे हैं कि भोजन पर कॉर्पोरेट के नियंत्रण से देश पर क्या प्रभाव पड़ने वाला है। क्या आपने हाल ही में इस पर कोई संपादकीय देखा है?

उनमें से कई लोग यह जानते हैं कि वे अपने लिए, या पंजाब के लिए, इन तीन

क़ानूनों को निरस्त कराने से कहीं ज़्यादा बड़ी लड़ाई लड़ रहे हैं। उन कानूनों को निरस्त कराने से इससे ज़्यादा कुछ नहीं मिलेगा कि हम वहीं वापस पहुंच जाएंगे जहां हम पहले थे – जो कभी अच्छी जगह नहीं थी। एक भयानक और वर्तमान में जारी कृषि संकट की ओर। लेकिन यह कृषि की दुर्गति में इन नई वृद्धि को रोकेगा या उन्हें धीमा कर देगा। और हां, 'मुख्यधारा के मीडिया' के विपरीत, किसान इन क़ानूनों में नागरिक के संवैधानिक उपचार के अधिकार को हटाने और हमारे अधिकारों को समाप्त करने के महत्व को देख रहे हैं। और भले ही वे इसे उस तरह से न देख सकें या व्यक्त कर सकें – उनकी रक्षा के लिए संविधान की मूल संरचना और ख़ुद लोकतंत्र मौजूद है।

हिंदी अनुवाद: मोहम्मद क़मर तबरेज़

आभार

यह संकलन कई लोगों के अथक परिश्रम का नतीजा है। हम लेखकों और अनुवादकों को धन्यवाद देना चाहते हैं पर शायद सबके नाम लिखने के लिए एक नई किताब की ज़रूरत पड़ेगी, लेकिन कुछ नाम ख़ास तौर पर लिखना अनिवार्य है।

हम सबसे पहले हन्नान मोल्ला, सुधन्वा देशपांडे, संजय कुंदन, गीता हरिहरन और प्रबीर पुरकायस्थ को धन्यवाद देना चाहते हैं, जिनके लगातार निर्देशन और परिश्रम की वजह से ही यह किताब संभव हो पाई है। साथ ही हम न्यूज़क्लिक और पीपल्स आर्काइव ऑफ़ रूरल इंडिया के बोर्ड और संपादक मंडल का शुक्रिया अदा करना चाहते हैं।

अमनदीप संधू का लेख उनकी पुस्तक 'पंजाब : जर्नी थ्रू फॉल्ट लाइंस' से वेस्टलैंड पब्लिकेशन्स की अनुमति से संकलित है।

पी. साईनाथ के लेख का अंग्रेज़ी संस्करण पहली बार 9 दिसंबर 2020 को द वायर में प्रकाशित हुआ था। यह लेख पीपल्स आर्काइव ऑफ़ रूरल इंडिया (पारी) में 17 दिसंबर को प्रकाशित हुआ था।

हर तस्वीर के साथ फ़ोटोग्राफ़र का नाम दिया गया है, और सारी तस्वीरें पहले न्यूज़क्लिक में प्रकाशित हुई थीं। हम कार्टूनिस्ट इरफ़ान, सोनाली, सत्यम, महेश कुमार और मोहित सोधा का शुक्रिया अदा करना चाहते हैं। इन्होंने अनुवाद और तस्वीरों में हमारी सहायता की है।

हम निम्नलिखित वेबसाइट्स के आभारी हैं, जिन्होंने सच्ची पत्रकारिता की मिसाल दी है और जनता के मुद्दों को लगातार उठाया है। यह संकलन इन्हीं मंचों की मेहनत का नतीजा है।

People' s Archive of Rural India *https://ruralindiaonline.org/*

Newsclick *https://www.newsclick.in/*

Newsclcik Hindi *https://hindi.newsclick.in/*

पर सबसे अधिक हम उनके आभारी हैं, जिन्होंने लेखों के ज़रिए किसानों के संघर्ष को लोगों तक पहुँचाया। यह संकलन इन्हीं किसानों की कहानी है और इन्हीं को समर्पित है।

परिचय

हन्नान मोल्ला अखिल भारतीय किसान सभा के महासचिव हैं।

सुबोध वर्मा न्यूज़क्लिक के संपादक मंडल के सदस्य हैं और वर्षों तक श्रम संगठनों में सक्रिय रहे हैं।

प्रभात पटनायक जाने-माने अर्थशास्त्री हैं और जवाहरलाल नेहरू विश्वविद्यालय, दिल्ली में प्रोफेसर एमेरिटस हैं।

तेजल कानितकर एनआईएएस, बंगलुरु में एसोसिएट प्रोफ़ेसर हैं।

जूही चटर्जी एनआईएएस, बंगलुरु में रिसर्च फ़ेलो हैं।

एम श्रीधर आचार्युलु पूर्व केंद्रीय सूचना आयुक्त हैं और संवैधानिक क़ानून पढ़ाते हैं।

तारिक अनवर न्यूज़क्लिक में पत्रकार हैं।

नाज़मा ख़ान स्वतंत्र पत्रकार हैं।

रौनक छाबड़ा न्यूज़क्लिक में पत्रकार हैं।

मुकुंद झा न्यूज़क्लिक में पत्रकार हैं।

रवि कौशल न्यूज़क्लिक में पत्रकार हैं।

भाषा सिंह स्वतंत्र पत्रकार और लेखिका हैं। वे सफाई कर्मचारी आंदोलन के साथ भी जुड़ी हुई है।

अमनदीप संधू ‘पंजाब : जर्नीज थ्रू फॉल्ट लाइन्स’ के लेखक हैं।

विक्रम सिंह अखिल भारतीय खेत मजदूर यूनियन के संयुक्त सचिव हैं।

लेज़ली ज़ेवियर न्यूज़क्लिक स्पोर्ट्स के एडिटर हैं।

पी. साईनाथ वरिष्ठ पत्रकार और ‘पारी’ के संस्थापक संपादक हैं।

मोहम्मद क़मर तबरेज़ 2015 से ‘पारी’ के उर्दू/हिंदी अनुवादक हैं। वह दिल्ली स्थित एक पत्रकार और दो पुस्तकों के लेखक हैं।

सोनाली दिल्ली विश्वविद्यालय में पीएचडी छात्रा हैं।

प्रांजल न्यूज़क्लिक के साथ काम करते हैं।